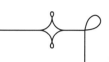

契約結婚につき溺愛禁止です！

エリート御曹司と子作り生活

天ヶ森雀

Illustration
上原た壱

gabriella plus

契約結婚につき溺愛禁止です！ エリート御曹司と子作り生活

contents

gabriella plus

イラスト／上原た壱

契約結婚につき溺愛禁止です！

エリート御曹司と子作り生活

序章

「本当にいいんだな、小鳥遊《たかなし》ハル？」

旧姓のフルネームで呼ばれて、俯《うつむ》いていたハルは顔を上げる。

壁の姿見《すがたみ》には、キングサイズのベッドの端《はし》に腰掛け、白いバスローブを身に纏《まと》った自分の姿が映っている。一方壱弥《いちや》はと言えば、上着こそ脱いでいるものの、まだ結婚式のフォーマルシャツのままだ。その二人の差がおかしくて、ハルは口元が緩《ゆる》みそうになるのをぐっと堪《こら》えた。

壱弥だけが着替えていないのは、結婚式の披露宴《ひろうえん》が終わった直後に、気を失って倒れたハルを気遣《きづか》い、着替える時間も惜しんでそばにいてくれたからだ。それなのにここで笑ったら不謹慎《ふきんしん》だろう。

とは言え襟元《えりもと》も緩めぬままの真っ白な花婿《はなむこ》衣装に身を包んだ壱弥は、失神《しっしん》してもおかしくないくらい格好《かっこう》よかった。きっちり結ばれたタイと真っ白なベストがヤバいレベル。すらっと伸びた背と広い肩幅《かたはば》、腰に向かって細くなるラインがいつにも増して堪《たま》らなくセクシーだ。いつもの壱弥も見とれるほど格好いいけど、ストイックな白の正装姿はレア感満載で、ずっと眺《なが》めていられそうな神々しさだった。

（やば、涎《よだれ》出そう……）

式中のタキシード姿を思い出し、別の意味でもにやけそうで再び堪える。あの時も正直壱弥を直視できなかった。さすがに大勢を前に涎を垂らす花嫁の姿はやばい。いやでもベールで隠れてたからばれないか？

一方自分はどうだろう。披露宴後、やむなしとは言えあっさりウエディングドレスを脱いでしまったハルを、壱弥は少しは勿体《もったい》ないと思ってくれただろうか。

ネックラインとロングスリーブがチュールレースになっていたドレスは、クラシカルな上品さを讃《たた》えていた。慎《つつ》ましい胸を盛り上げつつウエストを絞ってから広がる安定のプリンセスラインで、スカートの後ろを長く引きずるタイプだ。

つまり上半身はかなりフィットしていて着脱《ちゃくだつ》が難しい。おまけにスカートの裾《すそ》が長いから、一人で歩くのさえ困難だった。しかも脱ぐとなれば専門の介助者《かいじょしゃ》がいなければ無理だろう。そもそも矯正用《きょうせい》の下着が辛《つら》い。それこそ一人では脱げないし、ましてや壱弥に外させるなんてもってのほかだった。ホックを外した途端に解放された柔らかな腹部を、絶対見せるわけにはいかない。

いずれ見せざるを得ないとしても。そこは仮にも乙女《おとめ》として。

だから披露宴がお開きになった直後に、倒れたハルを着替えさせてくれたのは、チャペル付きホテルの新婦専用スタッフのはずだった。それでも壱弥はドアの外でずっと待っていてくれたらしい。

結論としてウエディングドレスは長時間着用に向いていない。

――いやそうじゃなく。

三十秒でそれだけの思考を回転させ、ハルはようやく壱弥の質問に意識を戻す。

本当にいいかって？　壱弥と結婚したことが？

「もう小鳥遊じゃなくて九条《くじょう》です。それに――この結婚は子供を妊娠《にんしん》して無事出産授乳を終えるまでの限定、ですよね。ちゃんと分かってるから大丈夫です」

ハルは笑顔を浮かべる。これが無理や強がりに見えないように祈りながら。

実際無理や強がりでは決してなかった。

無茶《むちゃ》をしている自覚はあるが、なんの取り柄もなく普通に無難に生きてきた自分が、少しでも壱弥の役に立てるなら何でもしたかった。それが彼の子供を産むという事なら願ってもない。

幼い頃から密《ひそ》かに思い続けてきた壱弥に抱かれ、彼との愛の結晶が生み出せるというなら何を躊躇することがあるだろうか。いやない（反語）。たとえその後はお役御免として別離が待っているとしても。

しかしハルの言葉を聞いた壱弥は眉間《みけん》に皺《しわ》を寄せ、何かを言いたそうに口を開き、結局何も言えないまま口を閉じて視線を逸《そ》らした。そして改めてハルを見つめると、いつもの冷静な目で「その通りだ」と言った。

「けれどこの提案が道義的でないことも分かっている。だからせめて今だけは設定を決めないか？」

「設定、ですか？」

ハルはきょとんと目を開く。一体何を言っているのだろう？

「例えば……今だけはこの結婚が本当の恋愛によるもののつもりで……君が本当に好きだった相手のシチュエーションを俺が演じるというのは？」

「……は？」

え――――!?　それをやったら本当に好きな相手が壱弥だとばれてしまうではないか。彼自身はハルのことが好きなわけではない。あくまでハルの中に流れる小鳥遊の遺伝子《いでんし》が欲しいだけなのに。

「別にそこまで凝《こ》る必要は……」

ないんじゃないかな？　と小首を傾《かし》げて見せたが、壱弥は眉間に皺を寄せたままだった。

「君が……その、ある程度異性交際の経験があるなら俺もこんな馬鹿馬鹿しい提案はしないんだが」

「あー……」

　察しました。そういうことですか。

　つまり壱弥はハルの恋愛経験値の低さを心配しているのだ。どう見ても男性経験の乏《とぼ》しそうなハルが、好きでもない男に本当に身を任《まか》せることができるのか、と。

　ここで本当の気持ちを言うわけにはいかない。あくまで壱弥にとっては後継者《こうけいしゃ》を作るためだけの結婚なのだから。

　まだまともに働かない頭で必死に考える。壱弥の厚意を無下《むげ》にはできない。それでも恋人設定を作るなら、真実はオブラートに包まなければ。

「えーとですね、そうすると……貴方《あなた》は元々私の幼なじみで、いつも意地悪《いじわる》ばかりされてたから嫌われてると思ってたら、本当はずっと私の事が好きだった、みたいな？」

　本当は意地悪な幼なじみなんていない。そして壱弥はその酷薄《こくはく》そうな外見から一見冷たくも見えるが別に意地悪ではない。むしろ隠《かく》れた優しさがある。でもこれくらい偽装《ぎそう》しないと真実がばれそうでやばい。

とは言えいかにも少女マンガの王道パターンを言っていて恥《は》ずかしくなった。もっと気の利《き》いた設定が思いつかなかったのか自分！

しかし壱弥は真面目に考え込むと、ハルの目の前にきて顔を近付けてきた。

吐息がかかりそうな距離で切なげに囁《ささや》く。

「つい意地悪ばかりしてしまったけど、本当は……ずっとハルが好きだった」

——ずきゅん！

心臓を打ち抜かれる音が脳内で高らかに鳴り渡り、体中の血液が音を立てて逆流する。顔と耳と首筋が音を立てて赤くなるのが自分でも分かった。

（ぎゃ——、こんなの死ぬ。マジで死んじゃうから！）

「や、やっぱ演技はいいです！　あのだってわた……！」

最後まで言い終えない内に唇を塞《ふさ》がれていた。彼の、熱く蕩《とろ》けるような唇によって。

軽く吸い付かれ、上唇と下唇で何度か食《は》まれると、思わずハルもそのキスに応えてしまう。

やがて息が苦しくなり、ふと唇を開けた隙《すき》に、彼の舌が忍び込んできた。自分の舌と触《ふ》れる。

その途端、体の奥がずくんと激しく疼《うず》く。

ハルの意識はそのまま荒波《あらなみ》の彼方《かなた》に投げ出されそうになっていた。

第一章　運命の再会、にしちゃいましょうか

ヤバい。足の裏が限界に近い。まだパーティーは中盤《ちゅうばん》なのに。

小柄なハルとしてはめいっぱいお洒落《しゃれ》のつもりで履《は》いてきた、ミュールのヒールが徒《あだ》になっている。やはりローヒールのパンプスにするんだった。

（普段はスニーカーか上履きだもんなあ）

心の中で深く嘆息した。

短大を卒業した後、保育士になって三年目。幼い子供達を相手に走り回る日々ともなれば、動きやすいのが第一条件である。初めの内はちゃんとしていた薄化粧も早々にしなくなった。汗やよだれや砂、お絵かき工作道具その他で汚れても、メイク直しなんてしている暇はない。ちゃっちゃと水で洗えるすっぴんの方が手っ取り早い。何より「せんせー、ちゅーしたげる！」とか言って頬《ほお》を舐《な》めてくる子がいるのを考えると、子供達の為《ため》にも何も塗《ぬ》っていない方が安全だと言えた。

とは言え今日はさすがにそうはいかない。何せ婚活パーティである。しかも男性陣セレブリティ限定の。当然ながら最上級のお洒落必須。

ハルを無理矢理《むりやり》付き合わせた姉の芙弓《ふゆみ》を始め、当然ながら会場にいる女性陣の装《よそお》いへの本気度は高い。めちゃめちゃ高い。

（ふーちゃんも気合い入ってるもんなあ）

デパート勤めで八歳上の芙弓は、元々目鼻立ちがはっきりしているので、メイクするとかなり目立つ美人の部類だ。素顔《すがお》も美人ではあるが、本人は「要は男顔なのよね」と冷静なつっこみを入れていた。

そんな芙弓曰《いわ》く、なぜ婚活パーティ、しかも女性も参加費がかかるセレブ男性限定に参加したかと言えば「別にね、稼《かせ》ぎの有無は実のところあまり気にしていないの。お金が欲しけりゃ自分で稼げるし。でも自分より稼いでる女に変なプライド刺激されてマウント取ろうとしたり、逆にこっちにべったり甘えてくる男が嫌《いや》なの！」だそうだ。ごもっともである。

それでも初めて参加する婚活パーティに、一人では不安だからとハルを誘う辺り可愛《かわい》いと言えば可愛い。っていうか、ぶっちゃけ珍《めずら》しい。

滅多《めった》に人に頼ろうとしない芙弓に「お願い、ハルも一緒に来て。もちろん参加費は私が持つし、なんならあんたの好きなブランドの服と靴も買ったげるから！　だから……ダメ？」と縋《すが》るような目をされたら、ハルとしては自分が場違いに違いないと思っても断《ことわ》りようがなかった。

そんなわけで芙弓が見立ててくれたパステルカラーのワンピースに加え、気合いを入れるためのメイクとミュールで参戦したわけだが。

（……でも、私にはやっぱ場違いだよふーちゃん……！）

そう思わざるを得ない。

そもそも見た目が地味なのだ。姉の芙弓や間にいる二人の兄は、美人の母親に似てそれなりに目立つ顔立ちだったが、ハルは小柄で目も小さいし鼻や口もどちらかと言えばこぢんまりしている。体型も普通。グラマラスとは言うには凹凸《おうとつ》がやや少なめかもしれない。強いて言えば小動物的な可愛さはあるだろうか？

家柄も普通。父親が大学の教授と言えば少しは聞こえがいいかもしれないが、決してセレブなわけではない。実家は祖父母の代に立てられた一戸建てで、都内にしては広い方だが、その分古い。建築家だった大叔父がデザインしたそうで、趣《おもむき》はそれなりにあるのだが、正直あちこちぼろい。

対して集まった男女のセレブ感溢《あふ》れること半端《はんぱ》ないキラキラ感。彩度の高い一群に気圧《けお》されて、思わず壁の花となっているのが現状だった。

しかも足が限界。ストラップで擦《す》れる踵《かかと》と普段使わないふくらはぎの筋肉が悲鳴を上げていた。

（……帰っちゃだめかな）

適当に理由を付けて。なんだかんだ言ったたって芙弓なら一人でもうまくやるだろう。今も複数の素敵男子に囲まれてるし。

元より自分には好きな人がいる。と言っても芙弓たち家族を含む、事情を知る友人等数人には奇談《きだん》扱いされているし、実際彼に会えるのは一年に数回程度で、実る確率も低い長年の片思いではあるのだが。

『ハルのその片思いのしつこさはいっそ尊敬の念を覚えるかも』

中学から仲の良い友人には呆《あき》れた声でそう言われた。確かに自分でもそう思う。けれど初めて会った九歳の時から、彼はハルの脳に住み続けていた。そうして数ヶ月ごとのブランクをおいて再会するごとに、その麗《うるわ》しい姿が成長して上書きされている。

いわゆる推《お》し？　それとももうこれは神様に近いかもしれない。

でも実際に彼を超《こ》えるときめきを与えてくれる相手がいないのだ。自分でもどうしようもない。

もっともだからこそ、事情を知る芙弓が今日ハルを誘ったのもあるだろう。

『たまにはね、他の男性を見てみてもいいんじゃない？』

そうなんだけど！　分かってるんだけど！

（は――、最後に会ったのはもう何年前？　海外なんて偶然を装って会いも行けないし！

いい加減諦《あきら》め時だって分かってるんだけどなあ……）

ハルの意中の相手は父親が経営する大手企業に入社してから二年後、海外勤務になってしまい、更に会う機会が減った。たまたま帰国した際の、彼の実家のパーティで顔を見たのが二年前。それ以外は風の噂《うわさ》で様子を聞く程度だ。しかし自分でもどうしたらいいか分からないのだ。だって彼を想《おも》うだけで胸が熱くなるし幸せだし。

（やっぱもう失礼しよう）

そう思ってパーティ会場の出口に足を向けようとした瞬間、聞き覚えのある声がした。

「ハルちゃんじゃないか？　小鳥遊教授の娘さんの……」

声のした方を振り返ると、思いがけない相手が立っていた。

「――え？　ええ!?　壱弥さん!?」

声がひっくり返りそうになる。

九条壱弥。ハルより軽く頭ひとつ以上高い背に広い肩幅。艶のあるさらさらした黒髪に涼《すず》しげな目元。今日はブルーグレイのスーツがよく似合っている。大学の工学部で教鞭《きょうべん》をとっている父親の旧友で、機器メーカー『ＫＵＪＯ』の社長である九条孝臣《たかおみ》の息子だった。ハルより七歳年上だから、もうすぐ三十歳になるはずだ。

（え？　なんで？　こ、こんなところで会えるなんて！）

ハルは心の中で雄叫《おたけ》びを上げる。会えた歓《よろこ》びと不意に無防備に出会ってしまった焦燥《しょうそう》がぐるぐると大回転していた。

（嘘《うそ》、嘘、嘘――！）

数年ぶりに会う壱弥の格好良さが眩《まぶ》しくて直視できない。元々大人びて落ち着いた青年だったが、社会人になって数年、自信に裏打ちされた余裕のようなものが、彼の魅力《みりょく》を一層引き立てている。ぶっちゃけハルの目には眩しすぎるくらいだった。何を隠そう彼、九条壱弥こそがハルの長年にわたる初恋の相手だった。

◇

「なるほど、お姉さんの付き合いでね。ハルちゃ……ハルさんもそんな年頃になったなんてね」

珍しく微笑《ほほえ》んでいる壱弥の目元は優しい。いつもは切れ長の目が鋭利《えいり》で、人当たりは良くてもどこか人を寄せ付けない雰囲気なのだが。

「最後にあった時も成人はしてたんですが、……この通りちびで童顔《どうがん》ですしね」

そう言ってハルは苦笑する。

「いや、あの、初めて会った時は小学生だったから」

少し慌《あわ》てたような口調になっているのは一応フォローしようとしているのだろうか。でもそんな昔のことも覚えてくれていたなんて嬉《うれ》しい。

「九条さんは……あの時もう高校生でしたもんね」

実年齢より幼く見られがちのハルと反対に、高校生の頃から壱弥は大人びた少年だった。背が高かったのもあるだろうが、今思えば浮ついた感じがなく落ち着いていて、彼と歳が近いはずのハルの一番上の兄と比べても、壱弥は一段と大人びた雰囲気を持っていた。

（まあアキ兄やナツ兄は歳とか関係なくテンション高いしなー）

上の兄である義昭《よしあき》は五つ年上の二十八歳、下の兄の千奈津《ちなつ》は三つ上の二十六歳だが、彼らより壱弥の方がかなり落ち着いて見える。もっとも大企業の後継者として日々大勢の人とやりとりしているのだから当然かもしれない。

対して四人兄妹の末っ子と言うこともあってか、ハルは小柄プラス見た目の雰囲気も幼《おさな》く、下手をしたら中学生に間違えられることすらあった。

「どうせ俺は老《ふ》けてるからな」

どうやら少しは気にしているのだろうか。

口ではそう言いながらにやりと笑った顔に、ハルの心臓がドキリと跳ねる。

っていうか、いつ帰国してたの！　聞いてないんですけど！

「で、でも意外でした！　九条さんもこういうパーティに参加するんですね」

思わず気になっていたことがつるりと口から出てしまった。

一流企業トップの御曹司《おんぞうし》である上に、高身長高学歴高収入高顔面と三高ならぬ四高の壱弥ならば、多少近寄りがたい雰囲気があるとはいえ、結婚相手はよりどりみどりだろう。

「あ――、俺も人から勧められたんだが、手っ取り早いかと思ってね」

「手っ取り早い？　って結婚するに当たってってことですか？」

「ああ。一応九条の家を継《つ》がせることを前提に、優秀な遺伝子《いでんし》をもつ女性を探さなきゃならない」

「遺伝子、ですか」

ハルは目をぱちくりさせる。結婚相手に求める条件は人それぞれだろうが、遺伝子がトップにくる人は初めて見た。血筋や家柄という意味なら分からなくはないが、一般人のハルからしたら、その考え方は殿上人《てんじょうびと》のようだった。

正直に言えば、遺伝子て。ロマンの欠片《かけら》もないな？

「俺は養子だからな。九条の家にふさわしい後継者を残すにはそれなりに条件は必要になる」

ハルの怪訝《けげん》そうな表情を読み取ったのか、壱弥はさらりと爆弾発言を落とした。

「え？　壱弥さんて養子だったんですか？」

そんなプライベートなことを自分が聞いてしまっていいんだろうか。しかもこんな場所で。

「別に周知《しゅうち》の事実だ。俺が養子に入ったのは高校に入学する頃だったしな。小鳥遊教授もご存じのはずだが……」

むしろハルが知らないことの方が意外そうに壱弥は言った。

「はあ……」

そう言えば壱弥は彼の父親である九条孝臣とはあまり似ていなかった。ハルの父と和やかに歓談していた孝臣は、背もさほど高くないし体型も丸かった。よもや養子だったとは。一番詳しいはずのハルの父親はどちらかと言えば寡黙《かもく》なタイプで、聞いたことにしか答えてくれないので、正直知りようがなかった。そもそもハル自身が両親とはあまり似ていないので気にしていなかったのだ。

「もっともそういう意味では小鳥遊さんも素晴らしい遺伝子が流れてるサラブレッドだろう？」

「え――？」

否定も肯定もしづらく、ハルは言葉に詰まる。

確かに小鳥遊の血筋は知る人ぞ知るちょっとした鬼才《き》揃《さいぞろ》いだった。

姉は三十歳と言う若さで既にバイヤー、長兄の義昭は本業は公務員だが、作曲の趣味が高じて、動画サイトに投稿してはそれなりに評価を受けているらしい。次兄の千奈津はまだ二軍ではあるが、地元チームのプロのサッカー選手だ。

兄や姉はまだ業界トップクラスとは言えないが、父親は工学系の大学教授、母親は小説家。それだけではない。親類縁者《しんるいえんじゃ》にはプロの演奏家や建築家、写真家、発明家など少なからず才を発揮した者が多い。

医者や学者もいる。もう少し遡《さかのぼ》れば政治家もいたらしい。

残念ながら商売人気質《きしつ》はなかったらしく財を成す者は少ないが、それぞれの業界では傑物《けつぶつ》が多かった。とにかく好きなことへの熱中度が高いらしい。

「我が強くて情熱的、と言う意味ではそうなのかもしれません」

つい苦笑が漏《も》れた。高名な親戚筋についてはともかく、少なくとも家族に関しては、やりたいことを好きなようにやっていたらああなった、という感じである。両親は自分たちがそうだからと言う理由で、子供達もやりたいようにさせていた。その代わり二十歳過ぎたら自己責任という条件付きだ。よく言えば放任主義。あるいは単にほったらかし。相談があればたまにのってくれるが、結論を出すのはあくまで自分である。その結果、兄も姉も高校まではやりたいことを見つけ、目標に向かって突進《とっしん》してきた。のんびりしていたのはハルくらいだ。

「それでも結果が出せるのはやはりセンスや才能があるからだろう。もちろん努力で補《おぎな》えるものもあるが、センスや才能はそうそう買えるものじゃないからな」

力強く言う横顔に、思わずうっとり見とれてしまう。こんな風に対等に話してもらえる日が来るなんて。

「そういう意味では……私は突然変異《とつぜんへんい》なのかも」

えへへ、といたずらっぽく舌を出す。

ハルはそこまで情熱を傾《かたむ》ける何かはない。勉強も運動も昔から「普通」だった。特に誰かと張り合おうとしたこともないし、寝食を忘れて情熱を傾ける何かもなかった。夜は眠いから寝るのが一番だ。

抜きん出て良くもなく悪くもなく見た目も凡庸《ぼんよう》。子供と触れ合うのが好きで保育士にはなったが、それとてありふれた職業選択だろう。もっともハル自身、そのことで悩んだことはあまりない。波風《なみかぜ》立たない穏やかさが自分には合っている。

「今日のパーティもやっぱり分不相応？　もっと普通の人と恋をして普通に結婚するんじゃないかなあ」

こんなキラっキラな人たちでなく。

「今日のパーティではお眼鏡にかなった奴《やつ》がいない？」

壱弥が面白そうに、けれど何かを秘めた瞳で聞いた。

「そんな恐れ多い！　そもそも釣り合いませんよぉ！」

「そんなことはないと思うが」

困ったように思案する壱弥を見ていたら、少しおかしくなって余裕が生まれてしまった。故に口が滑《すべ》り出す。

「本当はね、ずっと好きな人がいたんです。でも私にはどう見ても無理めの人で」

釣り合うわけがない。ずっとそう思っていた。何せ大企業の御曹司だ。しかもとっくに大人の。でも気が付けばいつも面影を追っていた。

高校生だった頃の壱弥。大学生になった壱弥。大学を卒業し、父親の企業に入って働き始めた壱弥。会う度に彼の輝きは増し、胸は高鳴って苦しくなった。

何度も忘れようとしたのだ。小学生だった時も中学生や高校生になった時も、なんで会う度にこんなに胸が苦しくて焦《こ》がれる気持ちになるのが不思議だった。

けれど父親を介《かい》してしか会うことはかなわないし、そもそもこんな子供の自分がアタックしたところで相手にしてもらえないのは目に見えている。

これはただの憧《あこが》れ。夢見がちな子供の思い込み。そう思って忘れようともした。だけど彼はずっとハルの胸の中に居続けた。自分のしつこさには呆れるくらいだが、今でもそれは変わっていない。

しかしこんな風に再会出来たのなら、冗談に紛れさせて告げてしまうくらいは許されるかもしれない。

「きっと私の中にあるかもしれない小鳥遊の『情熱』という才能は、その人に全部持っていかれちゃったのかもしれません」

だから、笑ってくれればいい。壱弥本人が「そんなこともあるんだね」と笑ってくれれば、ようやっとこの長い初恋にも終止符《しゅうしふ》が打てるかもしれない。

そう思ったのに。

「まだその人が好き?」

壱弥はなぜか考え込むような、難しい顔になっていた。

「え?　ええ」

目の前にいればそれは抗《あらが》いようのない事実だった。何度も夢に見た相手だ。その彼が、今ハルの目の前にいる。意識ではなく本能で答えていた。

「でも無理そうだから諦める」

「……ええ」

思わず目を伏せた。釣り合わないし似合わない。卑屈になっているわけではなく、素直にそう思う。壱弥ならもっと似合う人がたくさんいるだろう。聡明《そうめい》で麗しくウィットに富んだ素敵な相手が。

「じゃあ、そいつの代わりに俺に君の遺伝子をくれないか？」

「――――は？」

思ってもいなかった壱弥の発言に、本気で脳が追いつかず素《す》っ頓狂《とんきょう》な声が出た。

今、なんて仰《おっしゃ》いました？

誰の代わりに？　欲しいって遺伝子を？

「君が望むような平凡さは俺には足りないかもしれないが……その分大事にする。君の望むことはできるだけ叶《かな》えるし、不自由もさせない。だから俺に君の遺伝子を提供してくれないだろうか」

何を言ってるの、この人は。全然意味が分からない。

「ちょっと待ってください！　確かにうちの家系は奇人変《きじんへん》じ……じゃなかった、それなりに好きなことで身を立てた人が多いですけど、私自身はただの一般人ですよ？　九条さんが望むような才能とか遺伝子を持ってるとは限らないじゃないですか！」

「元々、養子である俺の出自《しゅつじ》に危惧《きぐ》を抱く役員は少なくない」

「え？」

「どこの馬の骨とも分からない奴に九条グループを託《たく》すのは不安なんだろうな。それは俺も良く分かる」

「でも……！　それは九条さん自身の優秀さが認められて養子に入ったわけでしょう？」

「ああ。だから表だってそう言う奴はいない。しかし結婚相手くらいは出自のしっかりした女性の方が安心に越したことはない。その点、小鳥遊教授のお嬢さんなら申し分はない。教授の研究が我が社にもたらした恩恵《おんけい》は大きいからな」

壱弥の会社から資金提供を得ることで父のシステム研究は順調に進められ、その成果を会社に還元《かんげん》していた。そういう意味では父の九条グループ内での扱いは大きい。その実ただの研究馬鹿なのは、身内内での周知の事実だ。

「でも……」

「ずっと好きな奴がいるんだろう？」

その当人に、これ以上なく熱く見つめられて言葉が詰まる。

「恋とか……恋愛感情も情熱の最たるものじゃないのか？」

「それは……」

そうと言えなくもないかもしれないが。

「でも私に大企業の御曹司の妻なんて……無理だと思います」

一般教養くらいは身につけたつもりだが、セレブな世界には縁がない。せっかくなれた保育士だってやめたくはないし、自分に大企業経営者の妻が務まるとはとても思えない。

「……わかった。それじゃあ子供ができるまででいい。俺の子供を産んでくれたら、……そうだな、授乳期間が終わったらその後は君を解放しよう」

「産まれた子供はどうするんですか！」

「それは……申し訳ないがこちらで引き取る。もちろん会いたい時はいつでも会えるようにするし、相応の礼もさせてもらうつもりだ」

「九条さん、言ってることおかしいですよ！」

「分かってる。だけど俺には……君の遺伝子が必要なんだ」

熱い目にじっと見つめられて、思考がバラバラに分解しそうだった。

何を言ってるのこの人。っていうか、子作りって事はしなきゃいけないプロセスがあるわけで。

……え？　え――――？

「そんなに……私の遺伝子が欲しいんですか？」

あるかどうか分からない才能や情熱が？

「ああ、欲しい」

低い声で囁かれて、背筋に鳥肌《とりはだ》が立ちそうになった。まるで自分自身が求められているみたいだ。あんなに好きだった壱弥が、ハルに懇願《こんがん》の目を向けている。

やばい。溶ける。溶けて堕《お》ちそうだ。

「考え……させて」

精一杯の抵抗でそう言った。子供とかくれんぼの鬼を決めるわけじゃない。じゃんけんで負けたら受けるなんてわけにはいかない。

完全にフリーズしてしまったハルを前に、壱弥は何を思ったのか、パーティの主催者のところに行って二言三言話すと、また戻ってきてハルの手を取った。

「悪いが、一緒に来てくれ」

「え？」

引っ張られて転びそうになったハルに気付くと、壱弥は軽々とハルの体を抱き上げた。いわゆるお姫様抱っこで。

「ちょ、ちょっと、壱弥さん！」

「大丈夫だ。主催者には君が気分が悪くなったので送っていくと言ってある。君の父親とも

「懇意だから問題ないと」

なるほどそれなら抱き上げられても不自然じゃない？　……じゃなくて！

「どこに行くんですか⁉」

壱弥は怖い目で一瞬ハルを見下ろしたが、何も言わなかった。

まるで怒れるブルドーザーのように大股《おおまた》でずんずん歩く壱弥に抱かれ、ハルは振り落とされないように必死でしがみつく。パーティの人の群れの中で、ぽかんとした顔の芙弓と目が合ったが、彼女は何を勘違いしたのか、ハルに向かって大真面目な顔で親指を立ててきた。相手が壱弥だと気付いたのだろう。

ちがーう！　ふーちゃん、そうじゃなく！

◇

連れて行かれたのはパーティ会場近くの高級ホテルだった。移動するタクシーの中で予約したらしく、スムーズに部屋に案内される。しかも抱っこされたまま。

勘弁《かんべん》してマジで。慣れているのかいないのか、見事に見ないふりをしているスタッフのプロ意識に感謝するしかない。

最上階に近いスイートルームにはなぜか湿布《しっぷ》薬《やく》と絆創膏《ばんそうこう》の類《たぐ》いが用意されていた。

「良かったらこれを。余計なこととかとは思ったが辛そうだったから」

「え？　あ、ありがとうございます」

どうやら足が死にかけたのに気付いていたらしい。いささかはしたない気もしたが、有難く靴を脱がせてもらう。ミュールの下はペディキュアを施しただけの素足だったから、ストッキングを脱ぐ必要がないのも幸《さいわ》いした。赤く皮がむけている踵に絆創膏を貼り、強《こわ》ばっていたふくらはぎに湿布《しっぷ》を貼《は》るとじんわりとした暖かさが痛みを軽減《けいげん》してくれる気がする。

「は――――」

大きく息を吐いて弛緩《しかん》する。意中の人の前でも痛いものは痛い。軽減すれば嬉しい。気持ちいいよう！

が、そこでようやくまともな思考を取り戻す。

なんで私はホテルに連れ込まれてるの？

壱弥が無体《むたい》な事をするような人ではないと思い込んで何も言えずに大人しく付いてきてしまったが、この状況はよくよく考えればおかしくないだろうか。しかも当の壱弥は悠然《ゆうぜん》とホームバーに置かれていたスコッチとか呑《の》んでるし。

「落ち着いた？」

そう聞かれて答えに窮《きゅう》する。一旦落ち着いて、改めて今狼狽《ろうばい》してますが何か。

「えーと、なぜ私たちはこんなところに」

とりあえず率直な疑問をぶつけてみる。

「あまり人前でするのにふさわしい話題とは思えなかったからね。出来れば二人きりで落ち着いて話したかった。何か飲む？」

えー？　それなら個室のあるカフェとか居酒屋とかでも良かったのでは？

そう思っても言えないのは、彼と二人きりという魅惑的《みわくてき》なシチュエーションに抗えなかったからだ。だって長年片思いの相手。夢に見るほど焦がれていた男性と二人きり。緊張《きんちょう》し過ぎてむしろ吐きそう。

「ありがとうございます。じゃあ、とりあえずお水で。えーと、それはつまり……先ほどの遺伝子云々《うんぬん》の話が継続していると」

「ああ」

壱弥の答えは明快だった。一片の迷いもない。そんなに彼の出自に難色《なんしょく》を示す重役たちがいるのだろうか。こんなに完璧に見えるのに？

「もちろん……君に無理強いする気はない。女性にとっては子供を作ることも身ごもって出産することも一大事だからね」

「そうですね」

どれも未経験なので実感は湧《わ》かないが、簡単なことでないのは確かだ。ハルが勤《つと》める保育園にも、下の子を妊娠中の母親がいて、つわりが辛そうだった。

「もちろん君の貞操を守るために体外受精という手もあるが、あれはあれでは排卵《はいらん》誘発剤の使用や受精卵の摘出《てきしゅつ》等リスクが皆無《かいむ》ではない。だから――」

ちょっと待って、早口になってきて何を言ってるのか分からない。混乱してきたハルの、気が付けば眼前に壱弥の美しい顔が近付いていた。

「嫌だと思ったらそう言ってくれ」

小声で囁かれて唇を塞《ふさ》がれる。

――え？

キスされている。

そう気付いた時には溶けていた。目を閉じて彼の唇の感触《かんしょく》に集中する。少し湿《しめ》った、温かい唇の感触。動けないハルを弄《もてあそ》ぶように、少し強く押しつけられる。思わず唇が微《かす》かに開き、ハルは首を傾《かたむ》けていた。彼の動きに応じて。そのままどちらも動かず時間が静止する。

どれくらいそうしていたかは分からない。気が付けば壱弥が僅《わず》かに唇を離して問いかけた。

「ハル……？」

間近にある壱弥の顔が愛《いと》しくて眩しい。彼とキスするなんて、夢みたいだ。

再び壱弥の唇が重なり、頭の中が真っ白になる。

気持ちいい。恥ずかしい。もっとこのまま――。

「俺の子供を産んでくれる？」

低い囁き声に、理性も常識も道徳的な何かも宇宙の彼方に吹っ飛んでいた。

軽い酩酊《めいてい》感。倫理《りんり》なんてくそ食らえ。今なら悪魔とだって契約《けいやく》できるだろう。

壱弥の気が変わらない内にと、ハルはしっかりした声で言った。

「分かりました。あなたの子供を産みます」

◇

結局その日はキスしかしなかった。

ホテルを出て、タクシーで家まで送られ、在宅だった両親に簡単に挨拶《あいさつ》される。数日後、改めて結婚の申し込みに壱弥が現れ、あれが夢じゃなかったことを知った。家族は仰天《ぎょうてん》したが、ハルの長年の片思いを知っていたので喜んでくれる。

姉の芙弓は自分がキューピッドだと鼻高々だ。とても子作りだけの偽装結婚とは言えない。

両家の挨拶から始まり、結納や式の日取りと順調に事は進む。

結婚式はそれなりに盛大な物になるが、企業のトップである九条家と違い、一般家庭である小鳥遊家に配慮《はいりょ》されたものになる。新婦であるハルの露出《ろしゅつ》は極力控えられた。ハルも職場に報告する。披露宴には上司と同僚が何人か出席してくれることになった。嬉しい。恥ずかしい。嬉しい。

口々にお祝いを言祝《ことほ》がれ、ほんの一ミリほど罪悪感が駆け抜ける。当然離婚前提なんて言えないし。っていうか離婚したら平謝りだ。

披露宴会場の雛壇《ひなだん》に腰掛け、テーブルの下で縋るように壱弥の手を握る。彼は一瞬目を見張ったが力強い手で握り返してくれた。

ハルは壱弥の妻になった。悩む暇もなかった。びっくりである。

そして結婚式を挙げたホテルの、やはり最上階スイートルームに今二人はいる。初夜を迎える新婚夫婦として。

◇

そもそも披露宴直後にハルが倒れたのは、極度の緊張からだった。思った以上にいっぱいいいっぱいだったらしく、それにドレスの締め付けが加算された。式場スタッフ曰く、珍しいことではないらしい。壱弥の隣に立つからにはそれなりのウエストを維持したいというハルの意地の結果だった。

そこは一応乙女だし。

倒れたハルに付きっきりでいようとした壱弥は、ドレスを脱がされている間もドアの外で待っていたらしく、ただの貧血《ひんけつ》でほどなく復調すると診断された途端、家族と賓客《ひんきゃく》にそう説明し、ゆっくり休ませたいからと、予約してあったスイートルームに場所を移動した。

部屋には既に入浴の準備と食事の用意がしてあり、至れり尽くせりで世話をされ、落ち着いたところで寝室に入る。

そして初恋設定を提案されたわけである。しかもベッドの上で。

ハル自身は何もしていないに等しいのに、思考がまったく追いつかない。覚悟はしていたものの、展開がスムーズすぎて混乱していた。

「……本当は……ずっとハルが好きだった」

鼓膜《こまく》から怖いほどの官能成分が注ぎ込まれた上に甘すぎるキスまでされて、ハルの頭は真っ白を通り越してハレーションを起こしている。無理。何が無理って良く分からないけどもう無理。

「……やっぱりそうか」

「……は？」

壱弥の呟《つぶや》きがゆっくりと脳に入ってくる。やっぱりって何が？

「最初にホテルに入った時もそうじゃないかとは思ったんだが……こういうこと、慣れてないよね。もしかして……初めて？」

「え！」

こういうこと。即《すなわ》ち異性間交流。やはりこの手の事はばれるものらしい。そりゃあキスする度に固まっていたら当たり前か。

「あの、皆無だったわけじゃないんですけど、えっと……ずーっと片思いしかしてなかったので……」

周囲の勧めで誘われてデートらしき事を何回か。しかし楽しいとも思えず、それは相手にも伝わってしまったらしい。その場限りで終了となった。優しい人だっただけに罪悪感だけが募《つの》ってしまった。自分の片思い恐るべし。

ついそこまで正直に話してしまう。何せ九歳の頃からの筋金《すじがね》入りの初恋だったのだ。しかも当の本人とはなかなか会えないという状況で。結局何ひとつ経験できる筈もない。実ははっきり言わなかったがキスも壱弥が初めてだ。

見上げると壱弥が難しい顔をしていた。

「そんなに好きだったのか、その相手が」

「すみません……」

当人相手に謝るのもなんだが、別人設定なので妻としては微妙に申し訳ない。

「いや、こちらも無理強いしている身だからな」

「無理強いだなんて……！」

そんな罪悪感を感じる必要なんて、これっぽっちもないと言いたかった。むしろ彼の申し出に乗っかって、いい思いをしようとしているのはハル自身なのだ。

いっそ伝えてしまおうか。本当に好きだったのは壱弥だと。壱弥にずっと片思いしていたのだと。でも聞いたら重いかもしれない。彼が欲しいのはハル自身ではなく遺伝子な訳で。

「でもハルが初めてだとすると余計さっきの設定でいかないか？」

「え」

「つまり、ベッドの中だけでもその意中の相手としているつもりになった方が、緊張の緩和《かんわ》というか……その、初めての痛みに耐えられるんじゃないかとか……」

言いながら少し恥ずかしくなったらしく、壱弥の頬が少し赤くなっていた。

照れた顔も可愛いですなんて思ってしまってごめんなさい！

そして分からない。痛みの緩和と言っても、どれくらい痛いのかさえ想像付かない。でも壱弥にだったら何をされても平気な気がする。たぶん。

「……わかりました。じゃあ今だけ壱弥さんが私の本当の初恋の相手ってことで……いいですか？」

ふりもなにも本人だけど。壱弥の中の罪悪感がそれで軽減されるなら構わない。本当の嘘の本当のふり。もうなんでもいいや。

ハルも厳《おごそ》かな声を出す。

「ずっと……あなたが好きでした。だから、私を抱いてください」

恥ずかしさを必死に堪え、勇気を振り絞って言ったハルの言葉に、壱弥は興奮した目を見せ、応えるように彼女をベッドに押し倒した。そして優しく唇を重ねる。

三回目。まだドキドキする。

ハルのピンク色の唇を壱弥の舌が愛撫する。輪郭がなぞられ、上唇と下唇の間がからかうように舐められた。それだけで恍惚となる。ハルが勇気を出して唇を開くと、応じるように舌が差し込まれ、ハルの舌に触れてきた。

（なにこれヤバい……！）

背骨が溶けそうな気がする。舌が触れ合い、軽く吸われるだけで背骨だけじゃなく体中の骨がぐずぐずに溶けてしまいそうだ。疑似スライム体験？

（キスだけでこんなに気持ちいいなんて……）

うっとりと蕩けているハルの口腔内をひとしきり舐め上げ、軽く舌同士を絡めてから唇を離すと、壱弥は欲望を堪える声で言った。

「なるべく優しくするから」

第二章　蕩ける初夜と甘過ぎる蜜月（仮）

壱弥の愛撫はその言葉通り優しいものだった。髪を撫《な》でられ、前髪を上げられて額《ひたい》にキスされる。唇の感触がくすぐったい。やがてそれが頬に落ち、耳朶《じだ》を擽《くすぐ》り、甘噛みされて首筋に落ちる。

「ん…………」

思わず鼻にかかった声が漏れた。首筋にキスされるとなぜか体の奥がぞくぞくする。足の付け根の方から尿意に近い変な感触が湧き起こった。

「ハル」

名前を呼ばれ、まっすぐ見つめられて心拍数《しんぱくすう》が上がる。

「嫌じゃない？」

首をぶんぶん横に振った。全く以《もっ》て嫌じゃない。

「まだ怖い？」

重ねてそう聞きながらも彼の目は欲情を映していて獣《けもの》のようだった。こんなエロい顔を間近で見られるなんて！

「あの、怖くはないです。ちょっと緊張はしてるけど……気持ちいいです」

最後は尻すぼみになる。やだ、なんて恥ずかしいことを！

でもドキドキするのはしょうがないと思う。だってこんな顔の壱弥を想像したことさえなかった。

すみません嘘《うそ》です。想像したことはある。好きな人相手にならどんな顔をするんだろうとか。えっちをする時はどんな表情になるんだろうとか。

だけど想像していた何百倍も今の壱弥はセクシーで格好良かった。

「そんな可愛いことをいうと食べちゃいたくなるけど？」

しかも唇の端を上げながらこんな甘い台詞《せりふ》を吐いてくれるなんて思ってもみなかった。例え慣れぬ妻（仮）の緊張を解きほぐすための芝居とはいえ、鼻血を噴《ふ》き出してない自分を褒《ほ》めたいくらいだ。

「食べてもいいですよ……？」

清水《きよみず》の舞台から飛び降りる覚悟で言った。壱弥は微妙な顔をしていたかと思うと、「じゃあお言葉に甘えて」とハルの肌を食《は》み始めた。首や鎖骨《さこつ》、胸の谷間を。「ん、ふぁ……っ、やぁんっ」

いつしか壱弥の大きな手がバスローブ越しにハルの胸を覆《おお》っていた。

「あ、ぁあんっ、……んんっ」

彼の顔は再び上がってハルの唇を食み始める。上唇と下唇を順番に舐め、軽く甘噛みした後、舌を差し込んで再び口腔内をじっくり味わっていた。

「んむ、ん、……ふ」

いつしかハルの手はしっかり壱弥の肩にしがみついていた。キスだけで天国に行けそうな気がしてしまう。気が付けばバスローブの胸元ははだけられ、壱弥の手は直接ハルの胸を揉《も》みしだいていた。温かくて大きな手にうっとりする。

「少し慣れてきた？」

「ん、だけど……、きゃ……っ」

胸の先端を指先でくりくりと弄《いじ》られ、思わず甘い嬌声《きょうせい》が上がる。

「ここが気持ちいいの？」

問われてつい強く頷《うなず》いてしまった。弄られて先端が固くなっているのが分かる。

「ハルは正直なよい子だなあ」

面白がるような声に羞恥心《しゅうちしん》が煽《あお》られる。よい子って！

「しかも……思ってた以上にすごくえっちだ」

「！」

耳元で囁かれて体がビクンと跳ねた。ごめんなさいえっちな子で！

胸を覆っていた手が一層強く双丘を揉みしだき、固くなった先端が彼の手の平で押しつぶされる。

「じゃあこれは？」

そう言って壱弥はハルの胸に顔を寄せた。まさかと思っている内に、堅くなっていた蕾《つぼみ》を口に含み、強く吸われる。

「や、だめぇえ……っ」

彼の顔を剥《は》がそうとしても、ぴくりとも動かなかった。彼の舌は生き物のようにハルの敏感になっている乳首を包み込んだ。気持ちよすぎておかしくなる。

「ふぇ――ん……っ」

「食べていいって言ったのはハルだよ？」

胸元から上目遣いで囁かれて、鳥肌が立ちそうになった。こんな顔をされたらとても逆らえない。その間にも壱弥の舌は先端に巻き付けられ、じゅるじゅると強く吸われて、必死で声を堪えた。

「声、我慢しちゃダメでしょ」

「だ、だってぇ……ぁ、あんっ」

「ハルのえっちな声が聞きたい」

「ふぇ、ふぁああん……っ」

鼻にかかった喘《あえ》ぎ声が自分のものではないみたいだ。首筋を舐められながら両方の乳首をきゅっと摘《つ》まれた。苦しくて太股《ふともも》を擦り合わせてしまう。ヤバい。

「壱弥さんも」

「ん？」

「脱いで……？」

「……ああ」

言われて初めて気付いたらしい。壱弥はもどかしげに着ていたベストやシャツを脱ぎ捨てる。あっという間に下着一枚になると、布越しに彼の欲望が既に膨《ふく》らんでいるのが分かった。ハルの頬がカッと熱くなる。

「今度はハルの番だよ？」

壱弥はそう言ってハルが着ていたバスローブを優しく引《ひ》き剥《は》がす。ローブの下に身に付けていたのは、今の壱弥同様ショーツ一枚だった。一応花嫁仕様で白いシルクのロマンティックレース。

いきなり露出度を上げられ、ハルは恥ずかしくなって更に内股をもじもじ擦り合わせた。壱弥はそんなハルの上に優しく覆《おお》い被《かぶ》さり、自らの指をハルの口元に差し出した。

「舐められる？」

それがなぜかとか良く分からないまま、ハルは差し出された壱弥の指をそっと口に含んで舐めた。少ししょっぱい。これが壱弥さんの味なんだ。

「そう。もっと舌を巻き付けてごらん。……ああ、上手だね」

褒められて少し嬉しくなる。しかし壱弥はハルに舐めさせていた指をそっと引き抜くと、小さなショーツの中へと潜り込ませた。

「ゃあ……っ」

壱弥の濡《ぬ》れた指はハルの割れ目の上を何度か往復したかと思うと、つぷりと谷間の奥に潜り込んできた。

「あぁぁ……っ」

長く節の高い指が、ハルの足の付け根に潜り込んでいく。

「わざわざ濡らす必要はなかったかな……？」

壱弥が漏らした苦笑に、ハルの頬がカッと熱くなった。指摘されるまでもなく、そこは熱い蜜で溢れていた。

「でもきついからよくほぐさないとね」

そんな説明しないでください恥ずかしいから！

声に出せない動揺に、壱弥は当然気付くことなく、ぬかるんだハルの蜜壺を更に奥深く犯していく。

「ぁ、やあんっ、……ふぁ、はぁああ……っ」

壱弥の指が奥を掻《か》き回す度にあられもない嬌声が上がった。

「壱弥さん、壱弥さん……っ」

キスして。キスで、止まらない私の恥ずかしい声を止めて。

「ん」

壱弥はハルの望みが聞こえたように唇を塞いだ。

裸の胸が擦れ合う。堪らなく気持ちいい。理性が吹き飛んだまま、ハルは貪欲《どんよく》に壱弥と舌を絡め合った。その度に指で犯されている陰部から蜜は溢れ、いやらしい水音を響《ひび》かせている。

「――ハル、可愛い。ずっとこうしたかった……。乱れさせて、啼《な》かせて……」

「ぁ、はうん……っ、んん……っ」

「ハル、好きだ。挿《い》れていい――？」

切なげな声で求められ、ハルは子供のように「うん」と頷く。

壱弥は優しくハルの体から身を剥がすと、すっかり濡れていたショーツを引き下ろした。そうして自分もボクサーショーツを脱ぎ捨てる。

いきなり現れた屹立《きつりつ》する肉塊から慌てて目を逸らしてぎゅっと瞑《つぶ》る。まだ正視する度胸はなかった。

膝を大きく割られて、持ち上げられた。恥ずかしい格好。そう思うが抵抗はできない。壱弥はハルの陰部に固くなった性器の先端を擦りつけてきた。ぐちゅぐちゅと恥ずかしい音がハルの鼓膜を犯す。下腹の奥が切なくてぎゅんぎゅん締め付けられる。

「ハル、ちょっとだけ我慢して……」

壱弥がそう囁いたかと思うと、足の間に激しい圧迫が生まれた。

「あぁあああああっ！」

想像もしなかった痛みに、ハルは必死でシーツを握りしめる。

「ハル、ごめん、ハル……っ」

宥《なだ》めるようにハルの額にキスを落としながら、壱弥はそれでもゆっくりと身を沈めてきた。

メリメリ、と何かが裂けるような気さえする。

「や、いや、はあああああっ」

「ハル、好きだ。ハル――」

「壱弥さぁん……っ」

泣きながら彼の名を呼ぶことしか出来なかった。

言われるままに彼の唇に縋り付く。深いキスを繰り返す度に、壱弥の体がハルの中へ沈み込んでいく。その度に痛みは増した。

「キスして、ハル――」

「はあ……」

熱い吐息を感じてうっすらと目を開けると、苦しそうな、けれどこの上なく気持ちよさそうな壱弥の表情が見えた。それだけで全部許せてしまう。

「好き……」

掠《かす》れた声でそう告げる。途端にハルの中の肉塊が更に圧迫を増した。

「ダメだ、そんなこと言っちゃ……」

「だって……ぁああ」

中で壱弥が動き出す。痛み以上の熱がハルを支配し、振り落とされないよう、必死に足を彼の腰に巻き付けた。ズン、ズンと何度も擦られ、奥へと突き上げられる。絶え間なく上がってしまう悲鳴でハルの声は掠れそうになっていた。

「ごめん、もう我慢できない……っ」

狂おしい声が聞こえたかと思うと、ハルの中で壱弥が暴発し、熱い精液が溢《あふ》れ出した。初めての満たされる感触に、ハルも意識を手放す。

「あぁあん……っ」

その途端、ハルの体は変容し、大きく震えて壱弥を締め付けた。何も考えられず、身動きひとつ出来ないまま、ハルは意識を失った。

◇

荒い息を吐きながら、壱弥はハルの中にあった己自身を抜いてハルの横に転がる。そのまま息が整うまで仰向《あおむ》けのまま寝転がっていた。

ようやく息が落ち着いてきた頃、隣のハルの様子を窺《うかが》う。彼女は意識を失っているらしく、ぴくりとも動かない。目尻から細い涙が落ちていた。

壱弥は深い溜息《ためいき》を吐く。ハルの柔らかい体、初々《ういうい》しい反応、徐々に乱れていく姿は壱弥の情動を激しく煽り続けた。それこそ十分すぎるほどに。

女性経験はそれなりにあったが、こんな風に余裕を無くしたのは初めてだ。

おもむろにベッドから起き上がり、ティッシュで自分の始末をすると、洗面所に行って熱い湯で絞ったタオルを持ってくる。そうして、意識を失っているハルの体を丁寧に拭いた。滲《にじ》む血痕《けっこん》に、自責の念が湧き上がる。

妻との行為としては当たり前のことだ。夫婦なのだから。——けれど。

『壱弥さん』

彼の名を呼ぶハルの声に、初めて会った時の彼女の姿が重なる。

まだ小学生だった。今以上に幼かったハルは、だけど圧倒的な吸引力を以て壱弥を捉《とら》えたのだ。その時の感情を、何と呼んでいいか未《いま》だに分からないでいる。

『大丈夫。怖くないよ』

なんの混じりけもない純粋でまっすぐな瞳。それまでただの子供だと思っていたのに、不意に打ち抜かれた。

それ以来、ずっと——。

「ごめん、俺は——」

壱弥はいとけなく眠る裸のハルを、そっと抱き締めていた。

◇

背中が温かい。いや、背中から温かい？

つきつきと、足の間の痛みに耐えながら、ハルはうっすらと目を覚ます。

足の付け根？　なんだっけ。なんでこんなに痛いんだ。

思い出そうとした瞬間、前夜の痴態が蘇《よみがえ》った。

（そうだ、昨夜壱弥さんが私の中に――）

思い出した途端、体中が火を噴くように熱くなった。信じられないほどの質量と熱量がハルの中に捻《ひね》りこまれた。文字通り、ぎちぎちと。

もう無理。そう思うのに、言葉は出ない。むしろそのまま食い破られることを望んでさえいた気がする。自分が内包する矛盾に目眩《めまい》がしそうだ。

「……起きた？」

背後から少し眠そうな声がした。そこで初めてハルは気付く。ベッドの中で、壱弥に後ろから抱き締められていたのだ。肩幅も広く背も高い壱弥は、小柄なハルを軽々と抱き込んでいる。つまり背中が温かいのは彼の胸とハルの背中が密着しているからか。その時ふと思いつき、恐る恐る自分の体を見下ろした。

服は着ている。見覚えはないけど白い大きめのTシャツを着ていた。

ふー。一応セーフ。まだ裸だったりしたら恥ずかしくていたたまれない。

……………ちょっと待って。

見覚えのないTシャツを、ハルは着た記憶がない。しかも心なしか体はこざっぱりしている気がする。あんなに汗だくになったのに。

あんなに濡れていた足の間も今はそんな感じがしなかった。

もしかして、意識を失った後、壱弥さんが体を拭いてくれたりした？　そして自分の服を着せてくれちゃったりなんかしました？

「―――――!!!」

言葉にならない雄叫びを上げてハルは身もだえる。

恥ずかしい恥ずかしい恥ずかしい！

「どうかしたのか？」

背後から怪訝そうに壱弥が訊《たず》ねてきた。

「すみません！」

「何が？」

「あの！　事後、お世話になってしまったようで、服までお借りして！」

「……ああ。ハルが着ていたバスローブは体の下に敷いてあったから、血の染みがすごくてね。

もう一回着せる気になれなかったから俺のTシャツにしたんだけど……嫌だった？」

血！　そりゃああんなに痛かったんだから出血もしてるよね！　でもでも！

「嫌だなんて滅相もない！　むしろ壱弥さんにそんなことをさせてしまって、もう合わせる顔が……！」

そう言ってハルは両手で自分の顔を覆う。恥ずかしさのあまり、穴があったら埋まりたい気分だ。いやむしろ埋まるための穴をいま掘りたい気持ちでいっぱいだった。自分の出血の後始末までさせてしまったなんて。

「謝るのはこっちの方だ」

壱弥の悲しげな声に、ハルは「え？」と振り返る。壱弥は片肘をつき、そこに頭を乗せてハルを見下ろしていた。

寝起きの乱れた髪が超可愛い。いや、そうでなく。

「ずっと……ハイスピードで結婚を推し進めてしまったから、ハルが疲れていても当然だった。結婚式の後も倒れたくらいだったのに……あんな体の負担になるようなこと、させちゃいけなかったんだ。ごめん。ちょっと焦《あせ》ってた」

いや、オーケーを出したのはハル自身なのだからそこに責任を感じる必要はないと思うが、しかし。

「焦ってた？」

「その……ハルの気が変わるんじゃないかと思って。元々俺の希望に付き合ってもらってるわけだから」

「……ああ」

思い出した。そうだ。壱弥はハルの遺伝子が欲しいのだ。つまり子供を早く作りたいということだろう。当然だが、昨夜も避妊はしなかった。自分の体内に受けた感触を思い出し、ハルはまた自分が濡れそうな気がして焦った。

「あの、それは前にも言ったとおり、私自身が同意したことですから」

「でも初めてだったのに……きつかったろう？　途中で止められたらよかったのに」

壱弥は更に済まなさそうな声を出す。

「それは……！　でも一度は通る道ですし！　慣れたらいつかは――」

壱弥の顔がぱっと明るくなった。

「壱弥さん？」

「嫌になっていないのか？　その、俺とまたそういうことをする意志はある？」

「！」

言われてそういう意味になるのかとまた赤面した。まるでこれでは次を催促《さいそく》したようなものではないか。

「……だって、子供作らなきゃでしょ？」

恥ずかしくて小声でごまかしてしまう。だって子供が出来るまではしてくれるんでしょ？

しかし壱弥は少しトーンダウンした声で「そうだね」と答えた。

「あのっ、私頑張りますから！　つまり壱弥さんに気持ちよくなってもらうために色々勉強します！」

義務感だけで好きでもない女を抱くのは辛いだろう。そういう思いから出た言葉だったが、なぜか今度は壱弥が赤面する。

「無理は、しなくていい。その、……ちゃんと気持ちいいから」

視線を逸《そ》らし、壱弥はぼそぼそと答える。

そうなのか？　男の人だから好意と行為は別ってことだろうか。ハル自身は相手が壱弥なのもあってとても気持ちよかった。少なくとも挿入直前まではめくるめく官能に溺れさせられていた。当然壱弥が相手だからというのが大きかったのだが、彼はどうなんだろう？　好きじゃない相手とでもそれなりに気持ちよくなれるのならそれはそれでいいのか？

「でも……こうしてほしいとかそういうのがあったら言ってください。うまくできるかどうかは分からないけど……私、鋭意努力しますので……！」

ハルなりに、誠意をこめた言葉のつもりだった。しかし壱弥はうつ伏せになって小さく震えだした。

「壱弥さん？」

「あんまり可愛いこと言わないでくれ。しばらく無理はさせないと思ってたのに、勃っちまう……」

「え⁉」

思わず身を竦《すく》めてしまう。あんなことを言っておきながら心の準備はまだだった。せめて今日の夜くらいのつもりだったのだ。

「いいから……シャワーを浴びて着替えておいで。落ち着いたら俺も行くから」

「は、はい！」

壱弥が着せてくれたTシャツ姿で、ハルはバスルームへと逃げ込んだ。

◇

新婚旅行は近郊の高級温泉旅館で二泊三日。本当は海外という話もあったが、結婚式で休んでいる分もあり、ハルの仕事柄それ以上のまとまった休みを取るのは難しかった。しかしその分、豪華さは桁違《けたちが》いである。オーシャンビューの最上階スイートには、大きな部屋風呂と高級キュイジーヌ付き。

「美味《おい》しい――、幸せ――」

新鮮な食材を使い、和洋中の粋を凝らしたラグジュアリーディナーを堪能《たんのう》する。お肉も魚も野菜も最高！

そんなハルを見て、壱弥は嬉しそうににこにこ微笑んでいる。

「は、すみません！　つい食べ慣れないものなので！」

騒ぎすぎたかと慌てたが、壱弥は「ハルは幸せそうな顔で食べるから、見てるのが楽しい」と全く気にしていなかった。むしろ嬉しそうだ。

そして部屋に戻ってから気付く。

新婚旅行なんだから夜は服を脱がなきゃいけないのに、こんなに満腹になるまで食べるなんて馬鹿か私！

しかしその辺も壱弥には織り込み済みだったらしい。

「食べたらちゃんと運動しなきゃね？」

「え？　ええ？」

いきなりですか？　運動ってつまりベッドの上で、的な？

目を白黒させているハルを見て、壱弥は噴き出すのを堪えるような顔で言った。

「腹ごなしに散歩、行こうか。ここは庭園も綺麗《きれい》で有名らしいよ？」

ああ、そっちかとハルは脱力する。安堵《あんど》九割と落胆一割。がしかし、多少なりともこなれさせておくに越したことはないだろう。

建物を挟んで海と反対側の、ライトアップされている日本庭園を散歩する。木々の紅葉《こうよう》が池に映り、泳ぐ錦鯉《にしきごい》の動きと相まって幻想的な雰囲気を醸し出している。夜風が頬に心地よかった。散策しているのは二人だけのようだ。貸し切り状態の庭を、並んでゆっくりと歩いた。

打ち水された石畳《いしだたみ》に、滑って転びそうになって「危ない！」と支えられる。

「少し酔ってる？　このまま掴《つか》まってて」

そう言われて、ハルは素直に壱弥の腕に掴まった。筋肉質で思いの外太い腕に掴まり、その安心感に酔う。

「綺麗、ですね」

ひとけのない庭を歩きながら、ようやくそれだけを口にした。背の高い壱弥の顔を下からそっと覗《のぞ》き込むと、気付いた壱弥が優しく微笑む。いつもは切れ上がった眦《まなじり》が細められて緩んでいた。

（ひゃー、幸せすぎて息が止まりそう……）

思わず赤面してしまった顔を伏せようとしたハルの顎《あご》を、壱弥が掴まえて上向かせ、ゆっくり唇を重ねた。それだけで天国にも昇る心地になった。

そのまま近くの大樹《たいじゅ》に誘導されて背中を軽く押しつけられ、柔らかく甘美なキスを続ける。壱弥の膝がミニのワンピースを着ていたハルの足の間に差し込まれた。彼の太股がハルの足の間を擦り、甘い疼きが沸き起こった。そこは昨日の夜、何度も壱弥自身が出入りした場所だ。

体の中心が熱くなり、足の間の奥がとろりと蕩けた。斜めに重ねられた唇がわずかに開かれ、壱弥の舌が忍び込んでくる。口の中を甘く愛撫されて、押しつけられるように密着していた胸の先端が下着の中で疼いてしまった。

気持ちいい。でもこんなんじゃ足りない。

壱弥の膝に阻《はば》まれて、足が閉じられないのが辛い。結果、彼の足を挟んで強く締め付けてしまっていた。

その時、不意に他の散策客の声が遠くに聞こえる。ハルの体がびくりと震えた。

絡めた舌に未練を残しながら唇を離した壱弥の、目尻が赤く染まっている。

「そろそろ部屋に戻る?」

欲望を隠さない声で壱弥に囁かれ、ハルはこくんと頷いた。

最上階の部屋に戻ると、ドアを閉めた途端壱弥に抱き上げられ、ベッドに運ばれる。抗う暇もなかった。

もっとも抗うつもりも到底なく、ふかふかのベッドに横たわり、上に重なった壱弥の重みに酔う。

「ん、ん……、ふぁ……んん……」

唇が腫れぼったくなるまでキスを繰り返すと、彼の手がハルのささやかな胸を洋服越しに覆った。柔らかく揉みしだかれ切ない喘ぎ声が漏れる。

「あ、壱弥さぁん……」

甘い声に壱弥が至近距離で見つめてくる。

「どうしてほしいの？」

少し意地悪な笑顔に見つめられてハルの脳味噌《のうみそ》は溶けた。

「……服越しじゃ……やだ……」

壱弥の口角が思い切り上がる。

「ハルはえっちなおねだりが上手だな」

したり顔で言われて顔が熱くなった。恥ずかしい。

しかし壱弥は丁寧にハルのワンピースの前ボタンを外すと、胸元にキスを落とし始める。強い唇の感触に益々《ますます》期待が高まっていく。

キャミソールごと白いレースのブラが鎖骨までずり上げられた。隠れていた紅《あか》い実が飛び出し、壱弥は躊躇することなくそれを口に含んで吸った。

「ふぁあああん……っ」

ちゅうちゅう吸われ、軽く噛《か》まれ、舌を巻き付けてねぶられる。その度に喘ぎ声は高くなり、壱弥の体の下で腰がビクビク跳ねた。当然のようにもう一方の胸も彼の指でくりくり摘まれたり押しつぶされている。

「可愛い。ハルのここ。真っ赤に熟したベリーみたいだ」

美味しそうに舌を這《は》わせながら見上げてくる顔がヤバいくらいにエロい。

「ふぇ～……」

あまりの気持ちよさに意味のある言葉も出なかった。

壱弥は交互にハルの胸を可愛がると、ワンピースや下着を完全に脱がせ、自分も着ていたシャツを脱ぎ捨てた。互いに残り一枚の姿で向かい合う。

「ハルはどこもかしこも柔らかいな……」

壱弥はうっとりと呟きながらハルの体のあちこちを愛撫した。二の腕、腹、背中や太股。合間にキスを繰り返す。

「壱弥さん……」

恥ずかしさは薄れ、水に浮かべた船に揺られるように、ゆったりと身を任せていると、壱弥の手が太股の内側に忍び込んでくる。彼に触れてほしくて、ハルはじっと待っていた。ショーツ越しに谷間を指で擦られ、官能的な緊張が高まった。

湿り気に気付いた壱弥は、ショーツの中に手を差し込み、ハルの濡れた蜜園に指を泳がせた。

「すごいとろとろだね。それに昨日より反応が早くなってる」

「あぁん……っ」

「ハル、気持ちいいの？」

首筋にキスしながら壱弥が聞いてくる。

「気持ちい……です」

泣きそうな声で言うと、壱弥の指の動きが激しくなる。と同時に、唇を重ねられ、激しく舌が絡められた。

「ん、ふぁ……ん、ん……っっ」

ハルも堪らなくなって彼の頭を抱き、キスに応える。厚い胸板で、ハルの胸が押しつぶされていた。それさえも気持ちいい。

上半身を起こされ、壱弥の両手がハルの臀部《でんぶ》に回り、濡れた場所に彼の猛りを押しつけられる。

「挿れたい。挿れていい?」

掠れた声で問われ、ハルは腰を浮かせ、陰部を彼の固いものに押しつける。改めて、ゆっくりと彼自身がハルの中に沈み込んできた。

「ぁ、あついよぅ……、ん、はぁん……っ」

「ハル、ハル……っ」

圧倒的な熱と質量に、何も考えられなくなる。太股を抱え上げられ、腰を前後に揺すられて、体の奥から快感の波が押し寄せてきていた。

「ハル、そんなに締め付けられたら、保たない……っ」

「や、だって、なんかきちゃう……っ」

ハルの悲鳴のような声に、中を突き上げてくる動きが激しくなった。

「壱弥さん、壱弥さん……っ」

壱弥が出し入れする度に、ぐちゅぐちゅと互いの性液が混ざり合う淫《みだ》らな音が響いた。

「く……っ」

最奥を突かれ、ハルの中で壱弥が一気に精を吐き出す。その瞬間、ハルの意識は全て解き放たれ、ふわりと宙に浮いた。頭の中が真っ白になる。

これ以上ないほど素敵だった。

その余韻を失うまいと、ハルは頽《くずお》れる体で壱弥にしがみついていた。

◇

結局三回目以降は良く覚えていない。覚えているのは繰り返し愛されたことだけだ。ハルの体は粘土《ねんど》の人形のように壱弥に寄って作り替えられた。つまりは愛される形に。壱弥の行為はどこまでも優しく、時に激しくハルを翻弄《ほんろう》した。

翌朝、二人で遅めの朝食を摂《と》ってからホテルをチェックアウトし、新居となるマンションに戻る。

「明日から朝食はどうしましょうか？」

陽《ひ》の当たる明るいダイニングリビングで、向かい合ってコーヒーを飲みながらハルは訊《き》いた。

「いや、朝は忙しいだろうし無理に摂らなくても――」

「え？」

ハルとしては朝食は食べるのが大前提だったから洋風和風どちらが好みか、という問いだった。

「それでお腹《なか》すきませんか？」

「わりと何とかなるけど……ハルはどうしてたんだ？」

「私は朝はがっつり派なので、ご飯に納豆と味噌汁《みそしる》とかパンなら卵落とした具だくさんスープとか……」

「そうか。保育士さんは体力が勝負だしな」

「はい」

子供達を相手に神経も体力も使うから、朝食摂取はマストである。

「じゃあ一緒に食べようか。できることがあれば手伝うし」

「本当ですか？」

ぱあっとハルの笑顔が広がる。壱弥と一緒に何かをできることが嬉しい。

「でも忙しい時は無理のない程度に。それでいい？」

「はい！」

ハルの威勢のいい返事に、つられて壱弥も顔を綻《ほころ》ばせた。

◇

「ハルせんせー、歩き方がぎこちないですよー？」

保育園の廊下で、後ろから話しかけられてハルはぎくりと足を止める。

「新婚で可愛がられまくってるな？」

「やめてくださいよ、多香美《たかみ》先生！」

ハルは声を潜めて抗議した。実際、使い慣れない筋肉や挟まった感触の違和感で動きがぎこちなくなっている。昨夜も当然のように求められた。壱弥の愛撫は丁寧で気持ちよくて時々意地悪だ。喘ぎすぎて喉も少し掠れているかもしれない。

「こどもたちに聞かれたらどうするんですか！」

可能な限り小さな声でハルが言うと、多香美は「ごめんごめん、つい」と笑いながら謝る。

「でも実際どうよ、新婚生活は」

ひそひそと声を潜めながら聞いてくる多香美に、ついハルは正直に答えてしまう。

「夫が格好良すぎて心臓が辛いですー」

「はあ？」

多香美は素っ頓狂な声を出した。ハルとしてはこの上なく正直な感想なのだが、惚気《のろけ》にしか聞こえないだろう。

一緒に摂る食事。入浴前の壱弥と入浴後の壱弥。ハルの方がバテて先に寝てしまう上に壱弥の方が早起きなので、寝顔は残念ながらあまり見られていないが、無防備な顔を見せられると素直に嬉しい。そしてどんな壱弥も格好良くて可愛かった。こんな間近で好きな人と一緒に過ごせるなんて本当に夢みたいだ。

「なんかもうずっとドキドキしまくりでいつか心肺機能に異常がでるんじゃないかと……今、無事に息をしているのが不思議なくらい」

言いながら無意識に頬が染まってしまうのが怖い。

「あー、ごめん、聞いた私が悪かった」

ぞんざいに答えながら多香美が引いていく。そこへ「ハルせんせー、おはよー」と登園《とうえん》する子供達の姿が見え始めた。賑《にぎ》やかな一日の始まりだ。

「はい、ゆうくん、おはよう。ちなちゃんは今日も元気かな？　……りょうくん、まずは自分の荷物を置いてこようか、それからボールで遊びたいのならゆきちゃんに貸してって言ってごらん？」

自動で仕事モードに切り替わる。

「ハルせんせー、りのちゃんがしゅーすけくんぶってなかしたー」

「りのちゃん！　叩《たた》くのは無し！」

大きなひよこの手作りアップリケを付けたエプロンをはためかせ、ハルは喧嘩《けんか》を始めそうな子供たちのところに慌てて走って行った。

◇

そもそも壱弥と話すきっかけになったのも幼児だった。

壱弥の父親がたまに開催する慰労や親交を目的とした家族を伴うバーベキューパーティで、幼児に泣かれて困っているのを見つけたのが始まりだ。

会場からから少し外れた人気のない川縁で、壱弥は煙草《たばこ》を吸っていた。

（わ、不良のひと……？）

一瞬、怯む。

しかしつい先日、兄の義昭が興味本位で吸って怒られていたのを見たばかりだから、そういうものなのかもしれないと思い直す。それにどう見ても彼が不良には見えなかった。

端正な顔立ちをしているのに、むしろ押し殺した感情を煙にして誤魔化しているような、暗く乾いた目が気になる。

今にして思えば、九条の後継者として連れてこられたものの、壱弥にとってはあまり居心地が良くなかったのだろう。ただでさえ高校生男子なんて家族と距離を取りがちになる頃だし。

やはりたくさん食べて腹ごなしに散歩をしていたハルは、そんな人を寄せ付けない空気を纏う壱弥の、格好良さについ足を止めて見入っていた。

しかし突然幼い少年が、突然壱弥の足に抱きついてきた。

「ぱぱぁ――っ」

面白がって探検でもしてたのか、親の居場所が分からなくなったらしい。恐らく立ち姿や穿いていたズボンの色が父親のと似ていたのだろう。壱弥がぎょっとして振り返ると、少年は父親じゃなかったことに驚いて泣き出した。壱弥は慌てて手にしていた煙草を携帯灰皿に押し込む。一応、幼児の前での喫煙が厳禁だとは分かっているらしい。ハルは彼を少し見直した。

しかしそれ以上どうして良いか分からないのか、ただオロオロとしていた。

現場に通り合わせ事情を察したハルは、急いで走り寄り、少年の前にしゃがみ込むと、目線が近くなったところでにっこり笑い、「大丈夫、怖くないよー」と話しかけた。少年の泣き声が少し小さくなる。

「お姉ちゃんの名前はハル。ボクもお名前言える?」

少年はべそべそ泣きながら首を横に振った。

「しらないひとに、ゆっちゃだめって……」

どうやら不審者《ふしんしゃ》対策に個人情報は伏せさせているらしい。

「そっかぁ。お約束ちゃんと守れてえらいね。そんだけ賢いならもう年長さんかな?」

「まだりすぐみだもん」

褒められて少し得意になったらしい。ハルの言葉を否定したと言うことは年中か年少だろう。ようやく涙が止まりかけている。

「お姉ちゃんと一緒にパパ捜しに行く？」

ハルがそう言って、立ち上がりながら手を出すと、少年はよりどころを見つけたように安堵した様子でハルの手を握った。

「と、いうことでいいですか？」

口を挟めずに静観《せいかん》していた壱弥は、急に話しかけられて狼狽《ろうばい》する。

「あ、ああ。でも俺も手伝うよ」

そして今度は壱弥がしゃがんで少年の目線になった。

「お前、高いところ平気か？」

「だいすき！　じゃんぐるじむもこわくないよ！」

「そっか。ならよかった」

壱弥は少年を担ぎ上げると頭の後ろに回して肩車をする。

「たかーい！」

少年ははしゃいだ声を上げた。

「会場まで連れてくからそうしたらパパを呼ぶんだぞ?」

「うん!」

握っていた小さな手がなくなり、ハルはどうしようか逡巡する。けれど振り返った壱弥が「ほら、行くぞ」と当たり前のように言ったので、ハルは彼の背中を追いかけた。

「ハルちゃん……だっけ? ありがとう、助かった」

「いえ、小さい子慣れてるんで」

保育園に通っていた頃は年下の子の面倒を見るのが好きだった。今でも幼児と会う機会があるとつい構ってしまう。

「そっか。俺は九条壱弥」

「小鳥遊ハルです」

「あ、じゃあ小鳥遊教授の……」

「パパ……父を知っているんですか?」

「ああ、親父から名前は……」

「あのねえ! ぼくはしょうただよ! しょうくんてよんでいいよ!」

どうやらハルと壱弥が自己紹介し合ったのを見て仲間に入りたくなったらしい。禁じられていた個人情報はあっさり公開されてしまった。

ハルと壱弥は一瞬目を合わせると、共犯者の笑みで笑った。それまでの壱弥の、人を寄せ付けない雰囲気が一気に崩れ、彼の周囲にキラキラと光が舞って見えた。

（なにこれ）

ハルの幼い胸がとくんと鳴る。

会場で父親を捜し出し、少年を引き渡すと、ハルも自身の父親に捜されていたらしく、慌てて戻ろうとする。しかしその前に、壱弥に近付いて背伸びすると「たばこ、やめた方がいいと思う」と囁いた。たまたま兄と一緒に肺がんリスクの動画を観せられたばかりだったからだ。

生意気に余計なことを、と怒られるかもと思ったが、壱弥は一瞬だけ目を丸くすると「あれが最後の一本のつもりだったから、内緒な？」といたずらっぽく片目を瞑られて、鼓動が早くなった。

ハルが四年生、壱弥が高校一年生の時である。

あの時の壱弥の笑顔に、ハルは無自覚に恋に落ち、次の再会を心待ちすることになったのであった。

◇

結婚して数週間、その間も壱弥は優しかった。自分も忙しいはずなのに「共働きなんだから当然だろ」そう言って家事なども分担《ぶんたん》してくれる。元々ハルの家では自分のことは自分で、が標準だったので、一緒に家事を分け合うのは新鮮で面白かった。

食事に好き嫌いはあまりなく、何を作っても美味しいと食べてくれていたが、やがて自分も参戦するようになった。本人曰く、「ハルが美味しそうに食べるのを見てるのが楽しい」と言って。

いいんだろうか。毎日が楽しすぎて目眩がする。そんなに人好きするタイプでもないと思うのに、こんなに優しくしてくれるのはやはり「遺伝子が欲しい」から？　ハルに負担をかけまいと思って優しくしてくれているのだろうか。

けれどそれならそれで少し辛い。

ハル自身、壱弥との結婚生活はもっとビジネスライクなものだと思っていた。子作り作業以外はもっとただの共同生活的な。これでは本当の新婚生活みたいだ。

しかも夜は夜で更に甘かった。体中の感じやすい部分を探られ、愛撫され、官能を高められる。ハルが全く知らなかった快感を、いやというほど壱弥に刻《きざ》み込まれた。

「ここと、ここが弱い」

そう言ってこめかみにキスされ、脇腹を撫でられる。それだけでゾクゾクして軽くイキそうになった。胸や鎖骨も弱い。壱弥の長い指が表面を触れるだけで泣きそうな声が出た。

挿入も少しずつ慣れた。余裕が出来たのか、壱弥も最初よりゆっくりと慣らしてくれる。圧迫するような痛みはそれでもあったが、挿《い》れている時の壱弥の表情がどうしようもなく色っぽくて堪らなかった。

何度も奥を突かれ、精液を注ぎ込まれて、ハルは絶頂を知った。気持ちよくて何も考えられなくなる。

「ハル、可愛い」

甘い声で囁かれ、何度もキスされる。まるで壱弥の操り人形になったようだ。与えられる快楽に翻弄され、言われるがままに何度も体を開き、彼を受け入れた。痛みはもうない。

「や、だめ、さっきイったばっかなのにぃ……」

「でもハルのここはもっと欲しがってる。分かる？　こんなに締め付けて……」

「あぁあん……っ」

休みの前夜は時を忘れて可愛がられる。堪らなく幸福な日が続いた。

◇

生理が来た時にはがっかりすると同時にホッとする。

あんなに毎晩しても出来るとは限らないのだ。その事実に壱弥は失望しないだろうか。だけど少なくともまだ夫婦でいられる。壱弥の妻として一緒に暮らせる。相反する気持ちがハルの中でせめぎ合った。

生理が来たと告げると、案の定壱弥は少し落胆したような顔になる。けれどその表情は一瞬で消え「体は？　辛くない？」と心配してくれた。

つくづく優しい人なのだと思う。本当は少しでも早く子供が欲しいんだろうに。

その日は壱弥が夕食を用意してくれて、ベッドも一人分離れて横になる。壱弥はハルに背を向けていた。思わず寂しさが募る。入籍してからずっとくっついて寝ていたのに。ハグくらいしてくれてもいいのに。いやいや子供を作る行為ができないならそれこそ過剰サービスを期待しすぎだろう。

（このままじゃダメだ）

ハルの中でそんな思いが湧き上がる。壱弥は優し過ぎるのだ。これでは本当の新婚夫婦だと錯覚《さっかく》してしまう。

このまま本当の夫婦のように暮らしていたら、子供が無事産まれても離れ難くなる。こんな幸せな時間を、いつか失うと思うだけで分かっているはずなのに、こんなに苦しいなんて。壱弥無しでは生きていけなくなってしまう。

（彼に、ちゃんと言おう）

ハルはそう決心する。

あくまで自分たちの結婚は遺伝子の為なのだと。だから必要以上の気遣いは無用だと。でなきゃヤバすぎる。溺れて、溺れきって抜け出られなくなる。

生理が終わって子作りを再開する時に、ちゃんと彼にそう伝えるのだ。

◇

「ですから……私たちの結婚はあくまで子供を作るためのものなので、必要以上に優しくしていただくのは……正直心苦しいです」

「え？」

言った。言ってしまった。

二人で遅い夕食を取った後、そう切り出したハルに、壱弥はショックを受けているように見えた。心なしか傷付いているようにも。

そりゃあそうだろう。あくまで初心者のハルを慮《おもんぱか》って優しくしてくれていたのに、その気遣いを無用と言われたのだから。

後足で砂をかける、みたいな？

しかしハルは引くわけにはいかなかった。いつか別れなきゃいけないのに、これ以上優しくされたら、演技でも辛すぎる。ただでさえ溺れている自覚があるのに。

甘い溺愛はハルをぐずぐずに蕩けさせ、中毒患者のようにしてしまう。このままでは、子供が出来て別れた後もストーカーになりかねない。

壱弥に、迷惑をかけるわけにはいかない。

壱弥はしばらく俯《うつむ》いて沈黙していたが、言葉少なに「わかった」と告げて顔を上げる。

「だけど子供を作るのは継続でいいんだろう？」

「ええ、勿論《もちろん》それは……」

「生理は終わったって言ったよね？」

「ええ」

「じゃあ……ハルが望むようにさせてもらおう」

今までになく暗い瞳で告げる壱弥の顔に、ハルは一抹《いちまつ》の不安を禁じ得ないでいた。

第三章　溺愛を禁止したら夫が豹変《ひょうへん》しました

「ちょ、や、こんなの……っ」

抗う声を出したが、ハルを押さえ付ける壱弥の腕はぴくりとも動かなかった。壁に押しつけられ、両手首を頭の上に片手で縫《ぬ》い付けられる。そのまま首筋に唇を落とされ、強く吸われた。

「ん……っ」

「嫌じゃないじゃないか」

感じてしまったハルに、壱弥はからかうような声を出した。いつもの優しさは微塵《みじん》も感じられない。

できるだけ冷静な声で、あまり優しくしないでほしいと告げたのはハルだった。気遣いは嬉しいが、自分たちは本当の夫婦ではないのだから、と。

でもそれは主に普段の生活についてのつもりだった。壱弥は時間があればハルを優先し、甘やかそうとする。それよりもっと自分を優先してほしい。そういう意味だったのだ。しかしそこまで説明する暇はなかった。壱弥の突然の豹変に、ハルは驚いてすくみ上がる。

どうして？　自分が厚意で行っていることをハルが無下にしたから？

それを聞いて確かめる間もなかった。

寝室に連れ込まれ、壁に押しつけられて罰するようなキスを受ける。

「壱弥さん、壱弥さん……っ」

厚い胸板を何度も叩き、何とか気持ちを落ち着かせようとしたが、壱弥は止まらなかった。

抱き上げられ、ベッドに落とされてのしかかられた。そのまま乱暴に胸をまさぐられる。

「や、やめて……っ」

「だって優しくしてほしくないんだろう？　そう言ったのはハルだよ？」

そうだけど。でもそういう意味じゃ。

着ていたシャツを乱暴に脱がされ、ブラを首までずらされて胸の先端を強く吸われた。

「はぁん……っ」

「ほら、ちゃんと感じてるじゃないか」

「や、でも……」

怖い。壱弥が怖い。こんな風に冷たく抱かれるなんて思いもしなかった。壱弥としか経験がないハルは、思いを通じ合わせていないセックスをしたことがなかった。

「最初は何も知らなかったのに……今ではこんなに淫らだ」

壱弥に吸われた乳首が急速に硬くなるのを感じて、ハルは羞恥に頬を染める。

「気持ちいいんだろう？」

ふるふると首を横に振ったが無駄だった。もう一方の乳首も、指でくりくりと弄られて赤く染まり、つんと尖《とが》ってしまう。

「嘘はダメだよ、ハル」

悪魔のような笑みで壱弥がハルを見下ろしていた。

そのままスカートを捲《まく》り上げると、ショーツの中に手を差し込む。

「こっちももうこんなだ」

とろりとした蜜を指に絡ませて、壱弥が笑う。

「分かるだろう？　まだ胸しか弄ってないのに、こんなに濡れて……」

「や、言わないで……っ」

ハルの抵抗むなしく、壱弥は蜜が湧き出るその奥に指を差し込んで掻《か》き混ぜ始めた。激しい指の動きに、快感が滲み出す。ショーツを剥《は》ぎ取られ、更に指を増やされた。複雑な動きで内壁を弄られ、瞼《まぶた》の裏がチカチカする。

「ひゃ、やぁ、ぁあああん………っ」

「初めは指一本でもきつかったのにね、今はほら、もう三本も咥《くわ》え込んでる。すっかりいやらしい体になったな」

「や、言わないでぇ……」

壱弥に言われていると思うと恥ずかしさが一層募った。快楽と羞恥に翻弄され、思考が上手《うま》くできない。

「ここも、ほら……」

肉襞の奥に隠されていた、一番感じやすい微粒《びりゅう》を親指でくりくりと弄られる。

「ひゃっ……あぁあああああ……っ」

快楽に慣れた体は、一気に昇りつめて弛緩した。唇がひくひくと震える。

「ダメだよ、この程度でイってちゃ」

壱弥は冷静な声のままでそう言うと、ハルの足を大きく割って開かせる。そうしてまだわなないている陰部に顔を近づけた。

「や、壱弥さん……⁉」

蜜壺に指を沈めたまま、壱弥の唇がハルの陰部を覆った。濡れた粘膜の感触に、舐められていると気付いてハルは慌てる。

「や、ダメ、そんなの汚い……っ」

口でされるのなんて初めてだったから、必死に抵抗しようとするが、ハルの太股を抱え込んだ壱弥の頭はピクリとも動かなかった。

尖らせた舌の先端が花弁の谷間を探り、さっき弄られたばかりの淫粒を転がす。「や、や、はぁあぁぁあああああ…………んっ」

腰をのけぞらせてハルは再びイった。それでも壱弥の動きは止まらなかった。

「も、ダメ……お願い、やめて……っ」

連続でイかされ、怖いほどの快感にハルは怯《おび》えていた。今まではハルが嫌がればすぐに止めてくれていたのに、今日の壱弥は一切容赦《ようしゃ》してくれない。

「そんなこと言ったって、ほら、ハルのここはもっと欲しがってる」

「！」

壱弥の言うとおりだった。止めてほしいのに、蜜は溢れて止まらず、壱弥の手の平を濡らしながら太股の方まで垂れていた。再び指を蜜壺で泳がせてから、壱弥は今度は舌を尖らせて蜜口を刺激し始めた。

「やぁ、ダメ、もう……」

すすり泣く声が止らなくなる。花弁の間に舌を泳がせて壱弥は蜜を舐め取ろうとするが、それ以上に溢れて止まらなくなっていた。

「こんなにいやらしく入り口をヒクヒクさせて……本当の事を言ってごらん。もっと違うものが欲しいんだろう?」

「や、ちが……」

否定しようとするが声は弱くなる。恐怖におののく一方で、ハルは初めて味わう激しい快感に溺れきっていた。舌じゃ足りない。もっと熱くて太いものが欲しい。

「正直に言うんだ。俺が欲しいって……」

脅迫めいたその言葉は、懇願《こんがん》にも似てハルの胸を刺した。

「壱弥さんが……欲しいです……」

震える声で告げたハルの体を、壱弥はくるりと裏返す。そのままうつ伏せにされて腰を高く持ち上げられた。何をと問う間もなく、壱弥の昂《たか》ぶりが押しつけられ、挿入される。待ちわびた熱量にハルの背は大きくしなった。

「あぁああんっ!」

「……ああ、一回でこんなに入った。なるほど、ハルは意地悪にされる方が好きだったんだな」

そんなことないと言いたかったが、激しく腰を前後に揺さぶられて声を上げる間もない。信じられないことに、痛みより快感の方が強くなっていた。

あられもない嬌声を上げそうになるのを、枕に顔を押しつけて必死に堪える。壱弥の動きはどんどん激しくなった。擦れ合う熱と一番深い場所を突かれる刺激に、何も考えられなくなってしまう。

「壱弥さん、もうダメ……っ」

「イく、ハル…………っ！」

切なげな声を上げて、ハルの中で壱弥が射精した。

熱い飛沫《しぶき》が満ちる感覚に、ハルの体も震えて昇りつめる。

半裸のままのハルの体を、背中から壱弥が体を繋《つな》げたまま抱き締めてきた。

「ハル、ハル……っ」

自分の名を呼ぶ壱弥の狂おしげな声を聞きながら、ハルの意識は薄れていったのだった。

◇

荒ぶる息が落ち着いてきたのを自覚して、壱弥は己自身をハルの中から引き抜く。力を失ったハルの体は、そのままベッドの上に崩れ落ちた。横向きになったハルの目元から涙が幾筋《いくすじ》も流れ落ちている。

深い後悔が壱弥の脳を襲《おそ》った。何をした？　一体何をしたんだ、自分は。

こんな獣みたいなセックスは初めてだった。それもよりによってハルを相手にだ。

怖がっていた。怯えていた。泣くのも当然だ。ハルの意志を無視して虐《いじ》めたのだから。それくらいショックだったのだ。

（しょせん俺はあいつらの息子ってことか……）

実の両親を思い浮かべ、壱弥は絶望する。

実の両親はろくでなしだった。酒が入ると短気になる父親。父親の死後、自分を押し入れに押し込んで、連れてきた男と獣のような嬌声を上げていた母親。あいつらのようにはなるまいと、必死で努力してきた。勉強し、仕事で成果を上げ、周囲の信頼を勝ち取ってきたつもりでいた。

しかし結局は彼らの血を引いているらしい。

壱弥はハルの衣服を整え、上掛けをそっとかけると、寝室を後にする。

そのままシャワルームで冷水を浴びると、リビングに移ってスコッチを呷《あお》った。

あの婚活パーティでハルに好きな男がいると聞いて、壱弥は焦っていた。望みが叶わないなら、遺伝子が欲しいなんて建前で嘘の夫婦になることまで提案して。ハルを手に入れるならこの方法しかないと思ったのだ。そしてハルは承諾してくれた。よほど相手の男に望みがなかったのだろう。壱弥にとってはこの上ない幸運だった。

ハルが男性経験がなさそうなのはすぐに分かった。キスしただけで固まり、真っ赤になって動けなくなっていたからだ。だから快楽に溺れさせれば、少しは自分に惹《ひ》き付けられるかもしれないと思った。

そして始まった新婚生活は思った以上に甘い物だった。

初夜こそ待ち焦がれた行為に制止が利かなくなったものの、その後は丁寧に少しずつ快感を覚えさせる。壱弥に縋るハルは例えようもなく可愛くて愛しかった。甘い泣き声、しっとりと汗ばむ肌、どこもかしこも柔らかい体――。思う存分触れ、愛撫し、壱弥の感覚を刻み込む。何度抱いても飽き足りず、求めた。ハルも拒否しなかった。

彼女が生理になった時は、必死で我慢しているのがバレないよう、襲ってしまわずにすむよう、距離をとって寝たくらいだ。

だからつい思い始めてしまったのだ。ハルもこのまま壱弥の妻でいてもいいかもしれないと、少しは思い始めたかもしれないと。

しかし考えが甘かった。ハルが望んだのは逆のことだ。

あくまで仮の夫婦なのだから、必要以上に優しくしないでほしいと彼女は言った。彼女と親密になれそうな気がしたなんて、勘違いも甚だしい。けれどそのショックの大きさで想像以上で、壱弥はハルを傷付けてしまった。

もしかしたらもう二度とハルは触れてほしくないかもしれない。結婚生活も解消し、二人の関係の清算を望むかもしれない。そう思うと目の前が真っ暗になった。

やはり自分には無理だったのだ。

壱弥の御曹司という身分や外見に寄ってくる者はたくさんいたし、女性とも付き合った。いずれもスマートに始まり、あっさりと終わった。相手がハルではなかったからだ。

それでもハル自身とならなんとかできるんじゃないかと思ったのは、それまでの女性経験を通してのことだったが、欺瞞《ぎまん》でしかないと思い知らされる。

ハルは特別だった。壱弥にとって、ハルほど純粋な存在はなかった。

けれどだからこそ、陽だまりのようなハルを自分のそばに置いておくなんて出来るはずがなかったのだ。

一途《いちず》なハルのことだ。たぶん、壱弥に抱かれながら、本当は片思いの相手がずっと好きだったのに違いない。

（そもそも住む世界が違いすぎたんだ……）

ずっと思い続けていた少女を前に、壱弥は深く絶望していた。

そもそも歳の差がありすぎたと思う。大人になってしまえば昨今ならたいした歳の差ではないかもしれないが、なにせ初めは小学生と高校生だった。大人同士の歳の差とは訳が違う。

もっとも壱弥とて初めて会った小学生の少女に、いきなり恋をしたわけではない。父親に参加を求められた九条の懇親会はBBQ《バーベキュー》パーティ。孝臣はそれなりに壱弥に楽しんでほしかったのだと思う。九条の養子となって一年、期待に応えようと勉強ばかりする義理の息子を、関係者に後継者として周知させつつ息抜きをさせようとしたのだ。

しかし壱弥にとってその懇親会はあまり楽しいものではなかった。

そもそも家族的な団らんに壱弥は縁がなかった。だから賑わう家族の姿には息苦しさを感じてしまっていた。

◇　　◇

養父がどこまで本当の事を知っていたかは定かではないが、壱弥の幼少時代は決して恵まれたものとはいえなかった。そしてその忌《い》まわしい記憶は、心の奥底にこびりついて決して消えなかった。

実の両親と暮らしていた場末《ばすえ》のアパートは薄汚れた場所で、両親は酒やパチンコに出かけては帰ってこなかった。物心ついた頃からそうだったから、それで凌《しの》ぐことを覚えるしかなかった。泣いたら叩かれる、そう体に染みついていたから泣くこともしなかった。目の前にある食料で、彼らが帰ってくるまでどう生き延びるかだけが大事だったのだ。

学校に行けるようになってからは嬉しかった。給食が出るからだ。少なくとも一日一回は必ず食事が摂れる。しかも温かくて美味しい食事をだ。

薄汚れた壱弥にクラスメートはほぼ近付かなかったが、気にしなかった。飢えを凌げることだけが有難かった。やがて知恵が付き、給食の残りをこっそり持って帰ることを覚える。両親が給食費をちゃんと払っていたかどうかは定かではないが、少なくとも担任は彼の行為を咎《とが》めなかった。気が付いていなかったのか、敢《あ》えて気付かぬふりをしていたのかは知らない。

最初に帰ってこなくなったのは父親だった。酒に酔って喧嘩し、路上で倒れていたのが見つかったのだ。日雇い的とは言え一応稼ぎのあった父親の死に、母親がヒステリックに泣き叫ぶのを、壱弥は何も感じないまま見ていた。

そして母親は男を連れ込むようになった。邪魔にされて、壱弥は近所の図書館に逃げ込んだ。空調が利いている公立の建物も有難かったもののひとつだ。しかし何もしていないと変な目で見られるから、壱弥はそこにある本を片っ端から読むふりをした。そしてふりのはずだった読書に本格的に嵌《はま》り込んだのは、司書の一人がお勧《すす》めの本を渡してくれたからかもしれない。

「せっかくここにいるなら何か読んでみたら？」壱弥の知らなかった世界がそこには広がっていた。

図書館が開いてない深夜、押し入れに隠れざるを得ない時も、読んだ本の中身を思い出しながら何とか凌いだ。

やがて壱弥の小学校卒業が近付く頃、母親も帰らなくなった。たぶん男に付いていったのだろう。数ヶ月後、アパートの管理人が家賃の催促に来た時、彼への育児放棄は発覚し、児童相談所の職員が現れ、壱弥は会ったこともなかった祖母に引き取られた。

一人で小さな飲み屋をやっていた祖母は、母親とは犬猿《けんえん》の仲だったらしい。突然現れた、家出娘が産んだ孫に当惑していたが、それでも哀れを感じたのか少しだけ人間らしい生活を味わわせてくれた。

九条の父に会ったのも祖母がきっかけだった。

たまたま友人と飲みに来ていた九条に、祖母が孫を自慢したのだ。

『あれで頭の出来はいいんですよ。私もびっくりしたんだけど……編入試験っていうんですか？　中学の。ウチに引っ越す時、それを受けさせたら凄《すご》く点が良かったみたいで。誰に似たんでしょうね、本当にもうびっくり』

よほどそのことが嬉しかったのか、祖母は頬を染めながら嬉しそうに話していた。

もっとも壱弥としては必死だったのだ。学校に行けなければ給食は食べられない。少なくとも、成績が良ければ存在が認められることを、壱弥は無意識に理解していた。だから教科書は何度も読んだし、分からない部分は図書館等で補って勉強した。その時間だけは腐るほどあったし、最寄りの図書館が夜遅くまでやっているのも幸いした。

それ以来、何を気に入ったのか九条は壱弥によく会いに来るようになった。壱弥は彼が大手企業の社長だとは知らなかったが、祖母の店の常連ならと少しだけ付き合う。

話してみれば九条は面白かった。父親から継いだ町工場を少しずつ拡張しているのだという。それまで知っていたどんな大人とも違い、積み重ねてきた経験と機知《きち》があり、彼が話すどんな言葉も現実味を伴って興味深かった。

壱弥が図書館によく行くと言うと、彼の好きな伝記や手記をいくつか勧めてくれた。探して読んでみると、偉人《いじん》達が不屈の闘志《とうし》と知恵で困難に立ち向かうものが多くて確かに面白かった。

やがて壱弥を引き取ってくれた祖母も突然脳溢血《のういっけつ》で亡くなってしまう。悲しいと思えるほど馴染《なじ》んではいなかったが、人としての生活を教えてくれた事には感謝していた。

そして祖母の死を知った九条が壱弥に養子の話を申し出てくれたのだ。君は頭の回転がいい。

それを埋もれさせてしまうのは勿体《もったい》ない。そう言って。

初めは裏があるのじゃないかと疑った。人の無償《むしょう》の厚意を信じられるような生き方をしてこなかった。少年性愛者ではないかとも疑った。けれど九条は本気だったらしい。妻に会わせ、互いへの試験期間を設け、チャンスを掴《つか》み取《と》る機会を与えてくれた。

決して優しいだけの人ではなく厳しい部分もおおいにあるが、今では感謝しているし尊敬もしている。

しかしそれも本当に大人になってからの話だ。

養子になって間もなくの壱弥は、いきなり変わった世界に戸惑い、しがみつこうと必死だった。少なくとも九条の家にいたら飢えることはない。その上で、万が一放逐《ほうちく》されるような事態があっても生き延びられるだけの知恵を付けておくのが最重要課題だった。もっともそういった方向に誘導し、説得してくれたのも九条の義父だったのだが。

『身についた知識や技術は君を裏切らない。少しずつでいいから慣れなさい』

そう言って連れてこられたＢＢＱパーティが、けれど思った以上に居心地が悪くて少しだけと避難していた矢先に、泣いている子供に抱きつかれた。

泣いている子供は一番苦手なもののひとつだ。自分が泣かずに生きてきたので、無意味に泣き声を上げる子供にいらつく。とは言え怒鳴りつける訳にもいかないだろう。どうすればいいのか全く分からない。

　話しかけ方さえ分からず困っているところに現れたのがハルだった。

　彼女は壱弥とは逆に落ち着いていた。まずしゃがんで子供と目線の高さを揃《そろ》える。

『大丈夫、怖くないよ』

　彼女はまずそう言った。

　なるほど、当然不安もあるだろうが、幼い子供は知らない人間に見下ろされると怖いのだ。ようやくそのことに思いついた。

　更にハルは子供の心をほぐし、驚くほどあっさりと信頼を勝ち得ることさえして見せた。対人スキルが一番苦手分野だと言ってもいい壱弥は、自分より幼い少女が軽々とそれをしてのけるのを見て軽く衝撃を受けていた。

　と同時に、ハルがなんのてらいもなく壱弥に笑いかけてくることにも驚いた。

　九条の養子になってからでさえ、あまりまともに壱弥と目線を合わす人間はいなかった。九条の両親くらいだろうか。

　素性《すじょう》の知れない子供、しかも中学生にまでなっている壱弥との養子縁組に、眉を顰《ひそ》める者は多かったし、逆に猫撫《ねこな》で声《ごえ》を出す者もいた。

　ハルのように、ただまっすぐ壱弥を見る者は希《まれ》だったのである。

もっともそれが、ハルが幼く世間知らず故の純粋さだと察してもいた。衝撃を受けた気がするなんて、どれだけ自分は神経過敏になっているのだろうと自嘲する。所詮相手は小学生だし、そうそう会う機会もない相手だ。このまま記憶は薄れていくだろう。そう思っていた。

しかし不思議とハルの面影は消えなかった。

なるほど、あれが愛されて育った子供というやつなんだな。何かの折にふとハルの顔が浮かび、そんなことを考える。幼い少年に手を差し伸べ、優しく笑う少女。まるで母性というものが実在するなら、それはあんな感じなのではないだろうか。ついそんな風に思ってしまうのを、何度馬鹿馬鹿しいと振り切ろうとしたか分からない。

やはり父親の会社関係のパーティで偶然再会した時は、ハルの方がとびきりの笑顔を向けてくれて驚いた。とっくにもう忘れられてると思ったからだ。

『私の事、覚えてますか?』

ハルも同じことを思っていたらしく、そんなことを訊いてきた。肯定すると、更にぱっと笑顔が綻ぶ。同じくらい嬉しくなった自分が不思議だった。

結局父親同士を介して年に数度会う程度の知り合いになったが、会う度にハルが嬉しそうに駆けてくるのが得も言われぬ幸福感を与えてくれた。

会う度に少しずつ成長するハルは、それでも第一印象そのまま大きくなっていった。あまり目立つ外見ではないが、まっすぐ柔らかい目で壱弥を見つめる少女。気が付けば彼女を探している自分に動揺する。そんなはずない、たまにしか会わないから思い込みで特別視してしまうだけだ。極々普通の平凡な少女じゃないか。親や家族に愛され、当たり前の幸福を享受している、どこにでもいそうな子供だ。壱弥が憧れ、そうなりたかっただけの平凡な——。

そこまで思い至り、壱弥はぎくりとする。

あまり認めたくはないが、自分がなりたくてなれなかったものに対する対象として在るのがハルという存在なら、あまり健全な感情とは言い難い。

九条の家の養子となってから、義理の両親にはとても良くしてもらっていた。特に義母は世話好きで、ただでさえ扱い難いであろう年頃の少年を、つかず離れず面倒見てくれた。なかなか表に出すことは難しかったが壱弥なりに感謝し、多少のうっとうしさを耐えつつそこそこ良好な関係を構築してきた。

けれどそれに代え難い吸引力で壱弥を捉えていたのがハルだった。

そんな馬鹿な。嘘だろう？

もっと離れよう。彼女が高校生になった時、そう決心した。彼女だってもう年頃なんだから、相応に恋愛し、恋い慕う相手を作るだろう。そうすれば壱弥にとってハルはなんの変哲もないその辺の女性と同等の存在になるだろう。

九条に就職した壱弥は敢えて海外勤務を希望し、日本を離れる。九条への恩返しのために。そしてハルへの執着心を自分から引き剥がすために。

そうして数年後、何度かのニアミスを経て運命のような再会に至ったのがあの婚活パーティだ。

とっくに冷めていると思っていたハルへの執着は、顔を見た途端にぶり返す。ずっと好きだった人がいると聞いて、もしや自分のことかと期待したが、設定を聞けばそうでないことを知った。自分とハルは幼なじみと言えるほど歳も近くないし会う頻度も多くなかった。それでもハルが欲しかった。

両親を説得し、周囲に手を回し、半ば強引に彼女と入籍する。そうして手に入れたハルとの生活は想像以上に幸福なものだった。

このまま彼女と暮らしていけるんじゃないだろうか。一生懸命優しくしたら、彼女も壱弥自身を愛するようになってくれるのでは。そう思って必死に努力した結果の拒絶に、壱弥の感情のメーターは逆に振り切れる。

必死で普通の、マシな人間になったつもりだったけど、やはり自分には実の両親同様欠陥があるんじゃないだろうか。そんな思いが壱弥を苛《さいな》んだ。

加虐的な抱擁と挿入。事後に幾筋も頬に残っていたハルの涙。優しくしたいのに。誰よりも大事にしたいのに。裏返ってしまう感情が、どうしようもなく厭《いと》わしかった。

◇

壱弥との生活はギクシャクしたものになった。

相変わらず壱弥は家事も率先《そっせん》して分担してくれるが、食事を一緒に摂る回数は減った。元々壱弥は食に執着が薄く、あれば食べるしなければ別にいいくらいのスタンスだった。味の好みもあまりない。料理を手伝ったりしてくれたのも、どちらかと言えばハルの食べる姿が見たいという感じだったのだ。

しかしハルは違う。何があっても食事はしっかり摂れと育てられた。

『お腹がすいていると人間ろくな事を考えなくなるからね。まずはしっかり食べてしっかり寝る。それからちゃんと自分がどう動くか決めるんだよ』

あまり育児や教育などに熱心とは言えない母の、それだけが子供達に示した教育方針だった。姉や兄も同様である。だから自然に朝は家族が一緒にご飯を食べる時間が出来ていた。

しかし壱弥にはそう言った習慣はないらしい。壱弥は会議があるからと早朝に出かけてしまい、一人で朝食を摂りながらハルは少しだけ寂しくなって溜息を吐く。もちろん仕事なら仕方ないと分かっている。ハル自身、保育園の遠足や運動会の行事では早出することもあった。

辛いのは壱弥がハルと距離を置こうとしていることだ。

ハル自身がそう頼んだのだ。文句が言えるはずもない。しかしそれ以上にきついのは、壱弥がハルに対して怖がっているような態度を取ることだろう。

(やっぱあれかな……)

無理矢理抱かれたあの日、壱弥の箍《たが》は外れていた。実際怖かった。怖かったけれど、初めて壱弥の本心に触れた気もしたのだ。自分でもおかしいとは思うけど。

普段は心の底に眠らせている壱弥の激しさや情熱みたいなもの。それは狂おしくハルを翻弄した。本気で求められている気がした。なるほどDV被害者の感覚はこれに近いのだろうか。

自分だけが彼を受け止めてあげる的な？　それはそれでヤバいやつ？

だけどそれでも一方でハルは壱弥を信用していた。彼の人間性や、彼が持つ本質的な優しさを。でなければ見知らぬ男の子を肩車したりしないだろう。

父親同士を介さず、壱弥と初めて偶然会ったのは、音楽ホールが入ったイベントホールだ。中学校の合唱コンクールで、ハルは他にいないからとピアノ伴奏《ばんそう》を押しつけられた。が、一オクターブ近く離れた和音を繰り返すアップテンポの左手の楽譜は、手が小さいハルには厳しい曲だった。

『伴奏が下手だから上手く歌えないし』

その実サボりたいだけのクラスメートに、心ない言葉も投げつけられた。

気にしまいと一生懸命練習したが、実際、自分が失敗すればクラスの評価も下がってしまう。

ハルは珍しくプレッシャーを感じて逃げ出したくなっていた。元々誰かと何かを争うのが苦手だったのもある。

飲み物を買いに出かけ、そのまま一階のロビーのベンチに座っていたハルは壱弥の顔を見つけて思わず顔を伏せた。こんな情けない気分の時に会うなんて。

しかし壱弥はハルを見つけて近寄ってきた。確か中学一年生だったから壱弥はもう大学生だったはずだ。

『あの時の、迷子みたいな顔だ』

そう言ってハルの足下にしゃがみ込む。初めて会った時、ハルが幼児相手にしたように、目線の高さを合わせてくれたのだと気付いた。

『課題曲の伴奏、ずっと練習してたけど……上手くいかなくて……』

『嫌いな曲なの？』

『ううん、好き。なんだけど……』

山場の運指《うんし》が複雑でいつも引っかかってしまう。いくら練習しても三回に一回は引っかかった。上手く弾《ひ》きこなせない自分が辛い。そんなことをぽつぽつ漏らしてしまった。

『……ああ、そういうのあるな』

『壱弥さんはどうしてここに？』

『この上の会場で英語の弁論大会があってね』

『すごい』

英語が得意でないハルにとって、英語のみで弁論できるなんて尊敬してしまう。

『すごくないよ。英語は苦手だし嫌いだし』

『ええ⁉』

驚いた。父から九条壱弥はどの方面においても抜きん出て優秀だと聞いていた。そんな壱弥に苦手なものや嫌いなものがあるなんて。

驚くハルに壱弥は苦笑する。

『すごくないよ。逃げる選択肢がないだけ』

『え？』

選択肢？　壱弥の言わんとしていることが分からず聞き返すハルに、彼は小さく苦笑した。

『逃げられるなら逃げてもいいと思う。ただ――どんなときでも世界の中心は自分だと自覚しておかないとね』

『え？』

傲岸不遜《ごうがんふそん》とも言える彼の台詞に、ハルは驚いた顔になる。タイプ的に、ハルがその場の中心になることはあまりない。どちらかと言えば脇にいて目立たない方だからだ。しかし壱弥は揺るがなかった。

『環境とかなりゆきとか、自分でどうしようもないことってあるだろ。でも最終的には自分が選択した結果の現状であるようにしなきゃ……誰かのためにとか何かのせいとか理由を付けて言い訳してたら、ずっと負け続けることになる』

壱弥の視線はハルの顔をまっすぐ射貫いていながら、まるで常にそう自分に言い聞かせているように見えた。

『世界の中心は自分』

ハルは彼の言葉を繰り返す。壱弥はもう一度、今度こそハルをまっすぐ見つめた。

『何より、君がちゃんと笑えなくなる』

そう言った壱弥の真摯《しんし》な瞳に、ハルは打たれた。

ああ、この人は戦う人なんだ。自分に言い訳することを許さず、ちゃんと背負おうとする人なんだ。

と同時に、彼がハルに笑っていてほしいと言っているようにも聞こえた。たかが中学生《こども》の泣き言に、彼は真面目に付き合ってくれたのだと感動する。そんな壱弥が眩しく、言い訳するような自分を彼には見せられなかった。

『どうする？　このまま連れ去ってあげようか？』

面白がる瞳で言われて心臓が跳ねた。

やめてお願い誘惑しないで！　それはそれで身も心も投げだしたくなるんですが！

口をパクパクさせながら真っ赤になったハルを見て壱弥が噴き出す。

『水面から顔を出した金魚みたいだ』

そこで初めてからかわれたのだと気付いた。己の純情が憎い。

『……戻ります。皆のところに』

『そっか、残念』

さほど残念そうでもないのが悔しい。

結果としてコンクールはあっさり敗退したが、ハル自身は肩の力が抜けたのか、伴奏につかえることなく、楽しく弾くことが出来た。壱弥のおかげだと今でも思っている。

そんな風に、出会っても交わす言葉や時間はとても短いものなのに、ハルにとって壱弥はどんどん特別な存在になった。胸の奥でずっと抱き締めていたいような。けれど――。

（逃げようとしたのが間違ってた？）

優しくしないでほしいなんて。でもあれは優しいなんてものじゃなかった。ハルからすれば溺愛と呼べるほどの。だから別れるとき辛くなるのが嫌で虚勢を張った。一緒にいたくて嘘を吐いた。

あれ以来、夜の営《いとな》みはもっとギクシャクしていた。壱弥の愛撫は相変わらず丁寧で、ちゃんとハルの欲望を高めてから挿入してくれる。だけど彼の心は感じられなかった。義務的なセックスというものがあることも悲しい発見だった。もちろんこれでも子供はできるだろうが。

終わるのが怖くて。溺れきってしまうのが辛くて。片思いしていた時より辛くてどうしていいか分からない。彼に笑ってほしい。でも……。

ハルは自分の下腹部に手を当てて、切なげに数回撫でた。

第四章　見知らぬ他人の彼女

「ハル先生、不審者情報ですって」

「え？」

昼食後、子供達を寝かしつけてから戻った事務室で、多香美が固い声を出す。この手の情報は主に警察や自治団体から注意喚起を促すために回ってくる。残念ながら午後のお散歩は中止かもしれない。

「どんな感じですか？」

「それが……公的なものじゃなくてね、保護者の何人かが園庭《えんてい》を覗き込んでいるちょっと派手な女性を見たって」

「派手な女性、ですか」

「年齢的にはそう若くない……四、五十代って感じかしらね」

ハルはきょとんとした。園長は口をへの字にして肩を竦める。

微妙な年頃だ。園児達のギリギリ母、あるいは若い祖母でもいける。

「具体的に何をしてたってわけじゃないみたいなんだけどね」

「はあ……」

園庭を覗いている大人は少なくはない。子供好きの老人や、こっそり孫を見に来ていた祖父母などもいるから珍しいことではなかった。もちろんそれは園長も承知である。

「でもね、複数の保護者がわざわざ言ってくるのは楽観視できないから」

多香美も眉間に皺を寄せていた。ハルや他の職員もこくんと頷く。

保護者からの注進。特に母親からのものは軽視できない。モンペやクレーム云々以前の問題としてだ。

子供、特に幼児を育児中の母親は子供への保護センサー的なものが鍛えられている。大袈裟《おおげさ》に聞こえるかもしれないが、ただでさえ危険に無頓着な生き物と日々付き合っていると、少なからず安全をおびやかしそうになるものに対して敏感《びんかん》になるのだろう。そんな彼女たちの無意識のセンサーに触れている人物がいると言うことだ。なんとなくだけど嫌な感じがする、的な。

「分かりました。ちょっと気をつけて見てますね」

「お願いします。何か気付いたら報告してちょうだい」

「はい」

自分の席に戻ってから、ハルは最近の園庭回りの様子を思い浮かべようとした。が、あまり記憶が残っていないことに気付いて臍《ほぞ》を噛む。

壱弥との間がギクシャクしていることで、ちゃんと仕事をしているつもりでもどこか上の空だったのだ。保育士として在り得べからざる態度だと猛省する。

（……あれ？　だけど——）

二、三日前、何か違和感があったような。記憶を丁寧に検索し始める。砂場で子供を遊ばせていた。プリン型やおもちゃの鍋でお城のような造形を作っていた。その時、変な視線を感じたような？　でも振り返って視線の主を探したら誰もいなかった。気のせいかと思ってその時はスルーしたのだが、母親達が指摘した不審者と同一人物だろうか。一応園長にも報告し園全体で情報を共有した上で、改めて気を引き締める。

しかしその不審者情報は意外な方向からハルの眼前へと現れたのだった。

◇

「お疲れ様です。お先に失礼します」

遅番のスタッフに挨拶をして、ハルは保育園を出た。駅へ向かう途中で、不意に曲がり角から現れた女性に話しかけられた。

「ハル先生……？」

「はい？」

先生、と言われて思わず答えてしまったが、その女性に見覚えはなかった。園児の身内の可能性もあるが、ざらりと耳障りの悪い声に緊張する。

「……保育園ではまだ小鳥遊先生、なのね？　九条先生じゃなく」

「どちらさまでしょうか」

質問には答えず固い声を出す。

子供達の混乱を避けるため、職場では年度替わりまで旧姓で通す予定である。だから同僚達からも旧姓で呼ばれることは多い。もちろん保護者には周知済みだが。しかしなぜそんなことを知っているのだろう？

かなり派手ななりだが、目尻の皺が濃い化粧で却《かえ》って浮き上がって見える。五十前後だろうか？

（例の不審者……？）

何があってもいいように、ポケットの中のスマホを握りしめる。てっきり狙いが子供達ではないかと思っていたが、そうではなかった？

「私は磯島理恵《いそじまりえ》。壱弥……今は九条壱弥よね、の母親だと言えば分かるかしら」

「壱弥さんの……？」

思ってもみなかった彼女の正体に、ハルは動揺した。その女性、磯島理恵は、ハルの反応に気を良くしたようににんまり笑う。

「ええ。あの子を産んだ実の母親よ」

確かに壱弥が九条の養子だとは聞いていた。が、実の両親に関しては何も聞いていない。あまり言いたくないのだろうと思って敢えて聞こうとはしなかったのだが。

「証拠とか、あるんですか？」

「出生証明書でも持ってくる？　それよりあの子が赤ん坊の頃の写真でも見せた方が早いかしら」

そう言って理恵は自分のスマートフォンを開くと、幼い子供の写真を出して見せた。散らかった部屋の片隅に赤ん坊が寝転がっている。データが古いのか粒子は粗かった。

「あの子、この辺りにほくろがあるでしょう？　画像が小さいからわかりにくいかもしれないけど」

ネイルがごってり塗られた爪先で指したのは、ちょうど左の鎖骨の下辺りだった。そのほくろなら知っている。ベッドで何度も目にしていた。

「それともこっちの方がわかりやすいかしら」

そう言って次に見せてきたのは三歳くらいだろうか。やはり体に合わない大きなシャツを着た男の子が映っていた。シャツがかなり大きいらしく、はだけた胸元にはやはりさっきのほくろが映っている。

「可愛いでしょう？　今は信じられないほど大きくなっちゃったけど」

確かに面影があった。少しつり上がり気味の目、への字に結ばれた口元。髪の毛はぐしゃぐしゃに乱れているが、壱弥だ。

そう言われてみれば目の前の彼女とも通じる面立ちではある。母親と言われればそうなのかもしれない。

「こんなところで立ち話もなんだから、ちょっとお茶でもしない？」

屈託なく誘われて、ハルは躊躇《ためら》う。今日も壱弥は遅くなると言っていたから夕食の準備は問題ない。が、このまま果たして着いていっていいのか。この女性からは警戒心を煽る雰囲気がある。なるほど、保護者たちが不審がるわけだ。

「すみません。私、急いでるもので」

「あら、そんな事を言っていいの？」

「え？」

「だって……壱弥と結婚したのにそれを隠してるんでしょう？　それってやっぱり玉《たま》の輿《こし》だからかしら。ここのママさん達にうっかりそんな噂が流れたらまずいんじゃない？」

ハルはまっすぐ理恵を見つめた。媚《こ》びたような、相手を見くびるような笑い。思い込みと勘違いを差し引いても、この人は味方じゃない。

「それは脅迫ですね？」

「やあねえ、脅迫だなんて。そんな物騒な言い方しないで。ただ私は生き別れた息子が、今どんな風に暮らしているか知りたいだけ」

そっと辺りを窺うが、彼女の他に誰かいる様子はない。

「分かりました。でも壱弥さんに帰りが少し遅くなることだけ連絡させて」

「それはダメ」

「どうしてですか？」

「あの子を養子に出す時、二度と会わないって誓約書《せいやくしょ》を書かされているの。貧乏人の親とは縁を切らせたいって、金持ちの考えそうな事よね。だからあなたに会いに来たことを壱弥に知られると困るってわけ」

「それでも私に会いに来られたんですか？」

「悪い？　縁を切られた親だって子供の様子は気になるわよ」

彼女の言っていることはおかしくはない。ありそうな話ではある。しかしどこか信用できない気がするのは、壱弥の事を知りたいという割にハルを値踏みするような目で見ているからかもしれない。

「分かりました。じゃあ駅前辺りのカフェで」

「煙草、吸えるとこにしてね」

理恵はそう言うと返事も待たずに歩き出した。

◇

カフェというには昭和臭が漂う喫茶店に入る。あまり流行《はや》っていないのか、そもそもピークの時間帯がずれているのか、ハル達以外の客はいない。アイスコーヒーを頼んだ理恵は、それが給仕される前にもう一本吸っていた。

「最近はどこも禁煙でやあね。で、どうなの？　あの子」

やっと母親らしい台詞を吐く。しかしあくまで建前のような質問だった。

「元気ですしお仕事も真面目にやってらっしゃいます」

「ふうん……。結構出世したんでしょうね。一応九条の跡継ぎとして養子に入ったわけだし」

「私には良く分かりません」

ハルは思うところを正直に言う。今の肩書きは事業部長だったと思うが、どれくらいの地位になるのかよく分からない。

しかし壱弥のお給料は正直かなりいい。初めて給料明細を見せて貰った時は、その数字に思わずびびったものだ。今のところ、ハルは生活費だけ貰ってやりくりしているが、それとて十分すぎるほどの額だった。しかしそれを彼女に言うのは躊躇われた。

「ごまかしてもダメ。それであなたにお願いがあるんだけど……」

オーダーしたオレンジジュースを一口飲んで時間を稼いだ。

「はい？」

「少し……用立ててくれないかしら」

「は？」

壱弥の様子を訊きたいのではなかったか。ハルの素の返しに理恵は苛立った顔をする。

「分かるでしょう？」

「何がですか？」

問い返すと、理恵のこめかみに青筋が浮く。

「もちろん無理のない程度でいいのよ。実は……今の夫の事業があまりうまくいってなくてね」

「はあ……」

つまり金の無心ということか。ハルの煮え切らない態度が理恵の癇《かん》に障ったらしい。突然ヒステリックな声で騒ぎ始めた。

「とにかく！　壱弥と結婚したことを職場にばらされたくなかったらここに五百万振り込んどいて！　明日中によ！　分かったわね⁉」

理恵は小さなブランド風のクラッチバッグから。くしゃくしゃになった紙切れを取り出すと、テーブルの上にだんと叩き付けた。そして用事は終わったとばかりに立ち去ろうとする。しかし彼女の行く手を大きな人影が阻んだ。

「あんた……」

理恵は呆然《ぼうぜん》とした声を出す。そんな彼女を無視して、壱弥は無表情のままテーブルに置かれた紙切れを取り上げると、長い指で小さく千切って、理恵の煙草の吸い殻が残る灰皿へ落とした。

「な……っ」

怒りのあまり、理恵は鬼の形相《ぎょうそう》になっている。が、壱弥は一切の感情を見せず理恵の顔を見据えた。

「俺を養子に出すことに承諾した時、契約書にサインしたよな？」

「あ、あれは……」

「二度と息子には近寄らないし、その親族にも顔を見せないという契約書に承諾のサインを書いたはずだ」

「書いたわよ。書いたけど……！　でも私は実の母親よ⁉　お腹を痛めて産んだ我が子の顔が見たくなって何が悪いの！」

壱弥の目は更に冷え冷えとしたものになった。

「あんたの新しい男が事業をやってるとは知らなかった。せいぜいパチスロでスったとかそんなもんだろ。それともサラ金で借金とか？」

「！」

顔を真っ赤にしながらも言葉が出ないのは図星らしい。

「俺の妻への接近は契約書に違反する行為だ。弁護士を通して契約不履行に対する違約金を請求させてもらう。それからハルの職場で変な噂が立てばその分も上乗せだ。あんたにもう息子はいない。分かったな？」

「な……っ」

淀《よど》みない壱弥の物言いに、怒りのあまり、理恵はブルブルと唇を震わせていたが、彼が本気だと悟ったらしく踵《きびす》を返して立ち去った。ハルはそんな壱弥とのやりとりを呆然とみていた。

しかし彼がハルを振り返って「悪かった」と呟くのを聞くと、一気に首を横に振った。

「あの、来てくれて助かりました。呼んでいいかどうか迷ったんだけど……」

一応おおっぴらにしていないとは言え、大企業御曹司の妻である。よからぬ事を考える者がいないとも限らない。

そう言われ、結婚した時、ハルは万が一の時にはスマートフォンのＧＰＳスイッチを起動させるように言われていた。だから理恵が現れてすぐ、ハルはそのスイッチを押していた。そして時間を稼いだ。

お礼を言うハルに、壱弥は少し途方に暮れたような目をしてから「無事でよかった」と言い落とす。

「このまま一緒に帰れますか？」

遅くなると言っていたのに、呼び出して良かったのかと思ってハルは聞いてみる。

「ああ。火急《かきゅう》の用が出来たと言ってきたし、元々……いや、いい」

どうやら帰りたくなくて無理矢理仕事を作っていたらしい。

「迷惑をかけてごめんなさい。でも良かった」

ホッとしてハルはふにゃりと微笑む。また彼女が現れるかもしれないと思うと、家に一人でいるのは気が重かった。壱弥が一緒に帰れないなら実家に寄せてもらおうかと思っていたくらいだ。

そんな安堵した顔のハルを、壱弥は引き寄せて頭を抱いた。

「壱弥さん⁉」

人目のある店内であることに、ハルは慌てた声を出す。壱弥もすぐに気付いて体を離すと「一緒に帰ろう」とハルの手を取って店を後にした。

◇

二人が住むマンションに帰ると、壱弥はリビングのソファに座って動かなくなった。

「壱弥さん……？」

言いようのない不安を感じて彼の名を呼ぶ。

「ハルに……今まで俺の実の両親の話をしたことがなかったな、と思って」

「うん」

ハルは、天井を仰ぎ顔を腕で覆っている壱弥の横にちょこんと座った。彼が九条の養子だと言うことは聞いていた。けれどそれ以上は何も聞いていない。二人の実情が契約婚である以上、詮索するのは躊躇われた。

「俺の……実の親はどうしようもない奴らでね。あの女を見れば分かるだろうけど、いわゆる社会的倫理観に欠けていた。要はろくでなしってことだ」

痛烈な台詞を淡々と語る壱弥の声に、過去の有り様が透けて見える。

「俺の実の母……高校がつまらなくて家出したあの女は、当たり前のようにキャバで働いて、そこに客として来た親父と知り合った。二人は気まぐれと勢いで結婚し、生まれたのが俺だ」

腕の下から覗いている口元が皮肉げに歪《ゆが》む。

「なにせ俺を産んだ理由が『子供がいたら国から金が入る』ってんだから笑えるだろ」

児童手当のことだろうか。しかし入るお金があっても、子供はそれ以上にお金がかかるし手もかかる。

「そんな軽いノリだったから、当然生まれてみれば何もかもが上手くいかなくなった。育児なんて知りもしない二人だ。それでも最初くらいは何とかしようとしたのかもしれないが……元々堪《こら》え性《しょう》もなければ母性もなかったから、その内生まれた子供は放置されるようになった。物心ついた時には親が夜帰って来ない事なんて当たり前にあったよ」

壱弥の語る壮絶な内容に、ハルは絶句する。そういう虐待《ぎゃくたい》を受けている子が存在することは、もちろん知識としては知っていたが、目の前の壱弥がそうだったとは思いもしなかった。ましてや普段から接している幼児たちが、いかに庇護《ひご》を必要とする存在かを、ハルは肌で知っている。子供は大人に守られなければいけない存在なのだ。

「唯一奴らに感謝できることがあるとしたら、学校に入れてくれたことでね。それこそ民生委員とかその辺にせっつかれたのかもしれないが……、給食にありつけるのが何より有難かった」

彼らが出かける時に置いていくのは菓子パンかせいぜい千円札一枚。一晩で帰ってくればそれでも凌げるか、数日にわたるときつい。

「それで、お父さんは……」

「死んだ。……俺が小学校に入って間もなくじゃなかったかな。又聞きだけど、酔っ払って喧嘩して……打ち所が悪かったらしい」

暴力はあまりなかった、と壱弥は言った。父親はどちらかと言えば普段は大人しくて、派手で我《わ》が儘《まま》な理恵の言いなりの男だった。ただ酒が入ると普段の鬱屈が顔を出し、気が荒くなった。それが災いした末の短命だ。自業自得だろう。

「父親が死んだ後、あの女もあまりアパートに帰らなくなった。たぶん、代わりに縋《すが》れる男を探しに行ったんだと思う。寄生する相手がいなきゃ生きていけないタイプだったからな」

壱弥がまるで他人事のように淡々と話すのを、ハルはただ黙って聞いていた。

「その内、家に全く帰らないようになって、中学に入る頃、俺はいるとも知らなかった祖母に引き取られることになった。けど、その祖母も同居して一、二年で早々に亡くなって……縁があった九条の父に引き取られたんだ」

◇

『君は地頭がいい。恵まれたとは到底言い難い環境の中で、自ら生き延びる術を探し、必死に努力してきた。そんな君に可能な限り支援したらどこまで伸びることができるのか、試してみたくなったんだよ』

九条は幼い頃の病気が元で、子供が出来ないのだという。企業代表という立場上、親族から養子をとる話もいくつか出たが、実の親から引き離すのは忍びないと断っていた。

『その点、君なら実の親から引き離しても良心の呵責《かしやく》を感じることはなさそうだしね』

断る理由はなかった。元よりこれ以上状況が悪くなることはない。祖母が遺《のこ》してくれたのは小さな店一つで、寝る場所に困らないとしても高校に行けるかどうかも危うい。保証人もないまま、最低賃金で働き続ける未来がちらちらと見え始めている。できれば進学したかった。

（互いに試験期間を設けよう。その上で、お互い納得できたら籍に入れればいい）

それから一年間、九条の元で一般的な社会倫理や人付き合いを教わり、高校入学を機に正式に養子となった。ハルと出会ったのはその数ヶ月後だ。

◇

「本当は入籍する前にちゃんと話すべきだった。すまない」

ようやく腕を下ろして頭を起こし、壱弥はハルに向かって頭を下げる。ようやく彼女に対し謝る言葉を手渡せて、心なしかホッとしているように見えた。

同じく息を詰めるようにして聞いていたハルは、音を立てないように細い息を吐いた。無意識に奥歯を噛み締めていたらしく、その力を抜く。全く思いもしなかった壱弥の過去だった。胸の辺りで拳をぎゅっと握りしめる。心臓が痛い。

この人は、どれだけ重たい荷物を抱えて生きてきたんだろう。その事実がハルの胸を激しく締め付ける。それは幸福を当たり前として育ったハルには想像もつかない過酷さだったに違いない。飢えと不安と孤独。まだ幼い子供が経験するには重すぎる事実だった。

社会的地位や聡明さ、恵まれていると思っていた彼の優秀さに、どれだけの努力が隠れていたのか計り知れない。

だけど、ハルとて何も分からないわけではない。ハルなりに理解できることもある。抑揚のない声で語られた彼の過去に、湧き上がりそうになる涙を堪えた。彼の両親に対する激しい怒りは一旦横に置いておく。

二人の間に横たわる沈黙の中、間を持たせるように大きな手でぐしゃぐしゃと髪をかき乱した壱弥の頭を、ハルは立ち上がってそっと抱き締めた。

「ハル……？」

壱弥は驚いたようだが、抵抗する様子は見せない。

同情じゃない。今ハルの身の内に沸き起こっているのはそんな甘い感情ではなかった。それよりも——。

滑るように優しい声が出た。

「偉かったねえ。小さい時の壱弥さん、いっぱいいっぱい頑張って生きてきたんだね。本当に偉かったね。よく頑張ったね」

彼の頭を抱き締めたまま、ハルは思いの丈を込めて言った。幼い頃の壱弥が哀れで、それ以上に愛おしかった。

まだ庇護されるべき子供が、一体どんな思いで必死に生きてきたんだろう。普段から乳幼児を相手にしているハルだからこそ、子供がどれだけ愛され、構われたい生き物かは身に染みて知っている。平気なふりをしたって、平気なはずがない。それでも『世界の中心にいるのは自分』と言い切った壱弥を思い出す。

壱弥のような育ちなら、嫌なことがあればいくらでも親や環境のせいにできたはずだ。それなのに彼はそうしなかった。

一体どんな思いを経てその言葉に辿《たど》り着《つ》いたのか。

誰のせいにもせず、どれだけの覚悟で。

途中から九条の助力があったとは言え、自分の知恵と努力だけで生きてきた壱弥をたくさん褒めてあげたかった。そしてたくさん傷付きながら生きてきただろう彼を、抱き締めてあげたかった。

壱弥はしばらく放心したように抱かれるままになっていたが、やがておもむろにハルの小さな背中に手を伸ばすと、ぎゅっと抱き締めて「ありがとう」と囁いた。

◇

二人の抱擁を引き剥がしたのは、ハルの空腹を知らせる腹の音だった。

ぐ――と鳴ったお腹の音に、ハルは顔から火を噴きそうになる。

このシリアスな場面で何でお腹が鳴るかなあ！

つくづくシリアスが決まらない自分が憎い！

そっと壱弥を伺うと、彼は目に涙を浮かべながら笑いを堪えていた。

「別に我慢せず笑ってくれていいですけど」

些《いささ》か拗《す》ねた口調でそう言う。すると壱弥はなおも肩を震わせながら「俺も腹が減った。何か作って食おうか」と提案してきた。

ハルに否やはなかった。

久しぶりに二人で夕食を作り、後片付けをしてから順番にお風呂に入る。先に入浴した壱弥は、寝室のベッドの上でハルを待っていた。

一足遅れて寝室に来たパジャマ姿のハルをベッドの上に招くと、「今日はちゃんと抱きたい。いいか？」と訊く。耳と首筋がほんのり熱くなる。

ハルはおもちゃで遊ぼうと言われた子犬のように首を縦に振った。

ベッドの上に押し倒され、優しいキスをされながら、着たばかりのパジャマのボタンが外されていく。

「ハル、ごめん」

顔中にキスを落としながら壱弥が謝罪する。

「何が？」

「ずっと……ちゃんと優しくできなかった」

「ううん」

「それに……傷付けるような抱き方をしてしまったことも」

パジャマの前がはだけられ、壱弥の大きな手がハルの胸を包み込む。

「あの……大丈夫」

「え？」

「確かに怖かったんだけど……んん……っ」

胸を揉まれる気持ちよさに声が震える。

「でも……信じてたから。悪意でこんなことする人じゃないって……」

気持ちのすれ違いから傷付け合うことはあっても、ハルが知っている壱弥はいつも優しくて正直だった。人知れぬ苦労はあったのだろうと思う。平々凡々《へいへいぼんぼん》に生きてきた自分には、想像もしないような傷や苦しみを受けてきたのだろう。それでも人に優しく出来る強さはどこから生まれてきたのだろう。不屈の努力との忍耐で、孤独な暗闇をくぐり抜けてきた壱弥の強さに、ハルは感動していた。

ハルを見つめる壱弥の眼差《まなざ》しが淡く揺れる。

「壱弥さん、きて……？」

ハルは彼に向かって手を伸ばした。その手を壱弥は指を絡めて握りしめる。握った手の甲に何度も口付けた。

「ハルの手は子供みたいだ」

「小さいって事？」

確かに小柄な分、大人の女性の平均としては小さい方かもしれない。

「それもあるんだけど……子供が何かを掴もうとしているみたいな、まっすぐで優しい手だ」

「え――……？」

そんなことは初めて言われた。でも嬉しくてくすぐったい。

「壱弥さんの手は大きいね。こうやって握ってもらってると、すごく……安心する」

「そう？」

壱弥が嬉しそうに笑うから、ハルももっと嬉しくなる。

「触られるのも好き。気持ちよくて溶けそうになっちゃう」

嬉しさに任せてつい正直に言ったら、壱弥のスイッチが入ってしまった。

「それはねだられてると思っていいのかな？」

「えーと……」

そうですが何か！　恥ずかしさに口ごもると、壱弥はにやりと笑って握っていた手をそっと引き抜き、ハルの体を愛撫し始めた。

「ハルの体はどこも柔らかくてすべすべで赤ちゃんみたいだな」

「ん、……ひゃんっ」

左手で胸を揉まれながらもう一つの胸を唇が滑っていく。

「そのくせすごくえっちだ」

「んん――っ」

乳首をぺろりと舐められて激しく震えた。そのまま舌で絡め取るようにしてちゅうちゅう吸われる。

「や、そんなにしたら……」

右手はそんなハルをあやすように脇腹の辺りを上下している。

「昔からこんなにえっちだったの？」

「ひゃ、そ……なこと、な……あぁんっ」

上がってきた左手に胸を揉まれ指先で弄られながら、右は強く吸われたり舌先で転がされたりして、益々嬌声が高くなった。

「だってほら、もうこんなに尖って、凄く美味しそうだ」

「や、だって、それは壱弥さんが、えっちなこといっぱいするから……ぁあんっ」

擦られたり摘まれたりする度にビクビク体が震えてしまう。

「壱弥さんに……してもらうまでは、全然知らなかった……も」

鼻にかかった泣きそうな声に、壱弥の興奮は益々高まってきたらしい。

「ハル、可愛い。食べてしまいたい」

そう言って何度も深く口付けられた。口の中のあらゆるところを舐められ、しゃぶられる。

思わずハルも応え、自ら舌を絡めていた。互いの唾液が混じり合う。

脳味噌が蕩けて何も考えられなくなった。

「あ、好き――大好き――」

ハルの吐露に、壱弥は「くっ」と呻《うめ》き声《ごえ》を上げると、「もう挿れたい。いい？」と聞いてくる。

「うん、きて」

ハルのしどけない答えに、壱弥は自分が着ていたものを全て脱ぎ捨てる。ハルのパジャマのズボンとショーツをもまとめて引きずり落とし、固く勃ち上がった己自信をぴたりと蜜口へと押し当てた。期待と興奮で、ハルの背筋がゾクゾクと鳴る。既にそこは互いの性液で充分に濡れていた。

壱弥は自分のを握ったまま、ハルの陰部で亀頭を上下させる。もどかしさと気持ちよさで泣きそうになった。

「お願い、早くきて……っ」

ずちゅり。ハルの懇願に壱弥が一気に押し入ってきた。

「ああ……っ」

思わず感嘆の声が上がる。痛みはなく、ただひたすら愛しい相手との一体感がハルの胸を締め付けていた。

「ハルの感じてる顔、凄く可愛い」

「ふぁ……？」

「可愛い、誰にも見せたくない。俺だけの、ハル――」

「ぁあ、あ、ぁあ、あ――」

一気に奥まで差し込まれたそれが、ぎりぎり入り口のところまで引き抜かれてハルは泣きそうになる。

もっといてほしいのに。中を壱弥自身でいっぱい満たしてほしいのに。

「やば……ハルの中、絡みついてくる……っ」

「だって、気持ちい……ふぁんっ」

大きなグラインドで何度も激しく突かれた。その度にハルの嬌声は高くなる。

「や、イっちゃう……も、だめぇ……っ」

「いいよ、イって……！」

「ぁ、はぁあ、壱弥さ、ぁあああ……っ」

どぷり、と奥に放たれ、熱い精液で満たされたのを感じて、ハルは一気に昇りつめた。快感の余波で何度も壱弥を締め付けてしまう。

息を切らした壱弥が、ハルの体の上に覆い被さってきた。

「ハル、ハル――」

掠れた声で何度も呼ばれ、ハルは壱弥の頭をぎゅっと抱き締める。

「あいしてる……」

耳元で囁かれ、幸せのあまり泣きそうになった。

「私も――」

壱弥の髪をぐしゃぐしゃに撫でながらハルも応える。壱弥の頭がそっと離れて、ハルの顔を覗き込んだ。目元が赤い。

壱弥は狂おしい笑顔を見せると、ハルに優しくキスをした。

第五章　新婚生活再インストール

夢のように満たされた日々が続いた。互いの笑顔で満たされ、食事を作って食べ、掃除や洗濯をし、たまにつまらないことで口論になっては仲直りのキスをする。休日には買い物をしたりデートをして外食したりした。

「なんでそんなに食べさせようとするかなあ！」

ハルの好物ばかり作って食べさせようとする壱弥には、少し閉口した。

「だって、ハルの食べている時の幸せそうな顔が可愛いから」

壱弥は悪びれることなくニコニコ笑う。

「だからって！　これ以上丸くなっちゃったらどうするんですか！」

「大丈夫。どんな姿になってもハルの可愛さは変わらないから」

きっぱり言い切られて言葉を失う。なんだろう、この甘やかされ具合は。猫可愛《ねこかわい》がりにも程がある。

しかも壱弥は料理の腕も上げ始めた。元々自炊なんてしなかったはずなのに、ハルに食べさせようと独学したらしく、めきめきと料理の腕が上がっていた。どうやら実験みたいで楽しいのもあったらしい。

「壱弥さん、ねえ聞いて」

「ん？」

「確かに美味しいものを作ってくれるのは嬉しいです。でもね？　必要以上の栄養を蓄《たくわ》えると病気になりやすくなったり下手すれば寿命が縮むわけですよ」

主に塩分とか糖分とか油分とか。ハルの説明に、壱弥は大真面目な顔になった。

「確かにそれはよくないな」

それから壱弥の手料理には野菜が増えた。味も薄めだがコクはある感じの。

「あとは食べた分、運動しなきゃね」

にっこり笑ってそんな風に言うから、逆らう術はない。運動は主に寝室のベッドの上で行われた。恐ろしいことに、本当に腹筋や太股が鍛えられて引き締まってしまった。なんなのこの楽園スパイラルは。

職場でも「ハル先生、綺麗になったわね」と言われ、照れることしきりだ。仕方ないから「食事の栄養バランス強化と運動に励んでます。主に夫が」と答えたら大笑いされた。実情がばれていたかもしれない。

◇

　壱弥にせがまれたものの、それでも一緒にお風呂に入るのは勇気を要した。

「なんでかなあ。とっくにお互いの裸なんて見てるのに」

「それとこれとは別です！　明るい場所で見られると恥ずかしいって言うか」

「恥ずかしがるハルも可愛いなー。ほら、こっち向いて」

　浴槽で、背中を向けるハルに壱弥はいじめっ子の声を出す。

「や、だって……」

「ハルが恥ずかしがるから白濁系の入浴剤にしたんだよ？　それで放置されてたら俺がかわいそうじゃない？」

　磯島理恵の一件以来、壱弥はめっきりハルに甘えるのが上手くなった。格好良いのに可愛いなんて最強過ぎて信じられない。本気でかわいそうな声を出すから、ハルとしてはありったけの勇気を振り絞るしかない。

　恐る恐る体を壱弥の方に向けると、手を引っ張られて抱き締められた。水面が揺れてお湯がさざ波を立てる。

「ほら、恥ずかしくないだろう？」

浴槽は二人で入っても十分な広さがある。だけど煌々《こうこう》と明るい慣れぬ場所で抱き合うのはまだ恥ずかしかった。

「俺がそうしたいって言ってるんだから、ハルも慣れて？」

いや、そう仰いますけど！　恥ずかしいものは恥ずかしいっていうか！

しかし抱きすくめられた位置で、壱弥の鎖骨の下にほくろを見つけて、何も言えなくなってしまう。もしかしたら子供の頃求めても得られなかったスキンシップを満たそうとしているのだろうか。

壱弥の表情を伺おうとそっと顔を上げると、湯気に揺られ、濡れた前髪が額に張り付いた姿が致死量でエロかった。ヤバい。夫成分に溺死する！

向かい合う体勢だったハルは、思わずばっと彼に背中を向けてしまう。

夫が格好良すぎて直視できないなんて。神様助けて。

壱弥はそんなハルの肩を後ろからそっと抱くと、自分の胸へと引き寄せた。

「これなら恥ずかしくない？」

こめかみに囁かれ、こくこくと頷く。彼の顔が見えなければ何とか正気を保っていられそうだった。

　しかしそれも甘い。

　ハルの腹の辺りで組まれていた壱弥の手が、上にずれて胸をまさぐり始める。

「あ、あの！　壱弥さん！」

「何？」

　動揺するハルに対して壱弥の声は冷静なままだ。

「手、手が動いてるんですけど！」

「うん。ハルのおっぱい触りたいなーと思って。ダメ？」

「ダメって言うか！」

　いいんだけど！　既に散々触られてるし嫌なわけでは決してないんだけど！

「ここでこんなことしたら……ぁあんっ」

　脇の下から回っていた手が、ハルの胸を掬《すく》うように揉んでいたかと思うと、人差し指と親指がくりくりとその先端を弄り始めた。

「だめぇ……」

「なんで？」

「だって、ここお風呂だし」

「お風呂じゃしちゃダメなの？」

「えっと、だめっていうかだって……ふぁんっ」

「声は気持ちよさそうだけど？」

「や、いじわる……っ」

逃げようと身を捩《よじ》りながら、目を閉じて快感を追おうとしている自分が矛盾に戸惑う。けれど結局壱弥の手からは逃れられなかった。

「ハル」

くぐもって掠れた声が耳元で響き、その色っぽさにゾクゾクしてしまう。

「本当に……どうしても止めてほしい？」

「…………」

温かいお湯の中で、ハルの欲望と理性がせめぎ合っていた。

蚊の鳴くようなハルの声に、壱弥はぎゅっとハルを抱き締めた。

「やめちゃ……ダメ」

「いいこだね。可愛いよ、ハル」

再びお湯の中で壱弥の愛撫が再開される。片手はそのまま胸を揉みながら、もう片方の手はハルの足の付け根へと伸びていった。

「ぁ……っ」

淡い茂みの中を指が泳ぎ、新たな快感に腰が浮きそうになる。しかし壱弥の手がそれを許さなかった。

「ダメだよ。逃がさない。もうここだってこんなになってるのに」

「言わないで」

「じゃあ、口を塞いで？」

頭の横から頬に口付けてくる壱弥に、ハルは身を捩ってキスをした。胸を壱弥の手に押しつける格好になり、柔らかい肌に彼の指が沈み込む。下の方では長い指が蜜口と肉襞に隠れた淫粒を探っていた。

「あ、あ、ダメ、おかしくなっちゃう……」

壱弥の指が器用に敏感な芽を潰しながら蜜口の奥を掻き混ぜていた。

「は、ぁ、ぁあ、ぁああん、やぁあっ」

浴室に反響する自分の声が一層ハルの羞恥を煽っていた。しかもお尻の下で壱弥の欲望が固く押しつけられている。

「ハル、こっちを向いて」

再び向き合う格好にされた。

そして手を取られ、壱弥の欲望に導かれる。

「俺のを持って、自分の中に沈められる？」

熱く潤んだ目で見つめられ、ハルは三秒躊躇ってから意を決して言われるまま彼のをそっと持つと、濁って見えないお湯の中で、ゆっくりと位置を確かめながらその上に腰を下ろし始めた。みっしりと自分の中が埋まっていく感覚に、我知らず震えてしまう。最後まで腰を下ろすと、二人で深く息を吐いた。

「もう、痛くない？」

壱弥が目を瞑って快感を追いながら訊いてくる。

「平気、だけど……」

「だけど？」

「奥を突かれるとその度に……おかしくなりそうで、少し怖いの……」

怯えた目をするハルを見て、更に沈められていた肉棒が固く大きくなる。

「や、ダメ……っ」

慌てて身を引こうとするハルの、頬を両手で包み込むようにして口付けた。

「ん、んむ、んんん……」

口腔内を思い切り舐め尽くされ、ハルの体から力が抜ける。

「……はぁ……壱弥さぁん……」

子猫が甘えるような声を出して、ハルは壱弥の胸にもたれ掛かった。

「気持ちいい？」

「…………うん」

「じゃあ、自分で動ける？　俺も手伝うから……」

「うん」

促されて、ハルはゆっくりと腰を上下に動かし始める。水面が激しく波立ち始めた。

「ああ、上手だよ、ハル。ほら……」

「あ、突いちゃダメぇ……っ」

下から何度も壱弥が突き上げてくる。と同時に胸の尖りを弄られた。一層快感が高められ、切なくなる。

「あ、ぁんっ、や、ダメ、も、あぁああ……っ」

バシャバシャと湯飛沫を飛ばしながらハルはイった。体内に壱弥のものが溢れているのが分かる。がくがくと震えながら落ちていくハルの体を、壱弥が優しく受け止めた。

「すごく良かった」

甘い声に脳を痺《しび》れさせながら、「壱弥さんのバカ」とハルは小さく呟いていた。

下手をすれば朝から求められる日もあった。前の晩にも思い切り愛し合ったというのに、気が付けば体中を優しく撫でられてゆるりと覚醒する。

◇

「壱弥さん……？」

寝ぼけ眼で名を呼ぶと、向こうも半分寝ているらしい。「んん……？」と色っぽい返事が戻ってくる。その間も無意識なのか、壱弥の手はハルのパジャマの中に潜り込み、ブラを付けていない胸をまさぐり始めた。

「ちょ、壱弥さん……！」

ハルは慌てて逃げようとするが、抱きすくめられ、がっちり捕まってしまった。

「ハルが欲しい。いや……？」

子供のようなあどけない声でそう言われると、もう抵抗できなくなってしまう。ちらりと枕元の時計を確認するとまだ時間はあった。

「仕事に差し支えても知らないから……」

少し拗ねたような声を出して、彼の唇にキスをする。壱弥は嬉しそうに「大丈夫」と笑った。

この場合、大丈夫じゃないのは私の方では。

甘いキスを繰り返しながら一瞬そう思ったが、太股を抱えられて切っ先を押し当てられるとその思考も飛んでいった。既に固くて熱い。

「あ……」

「ハルももう濡れてる。キスと胸を触られただけで気持ちよくなっちゃった？」

「うん」

正直に答えると、壱弥は「可愛いなあ！」と破顔し、ゆっくりとハルの中に入ってくる。

「ん、ん――」

胸の先端を弄られながら、ハルの中で擦れた部分が熱を帯《お》び、一層蕩けてくる。まるで船に揺られているみたいだ。

「ハル、ハル……」

「壱弥さぁん……」

甘い声で呼びながら、彼の首に腕を巻き付けた。気持ちいい。ずっとこうして繋がっていたい。

「あ、ハル、そんなに締め付けたら――っ」

壱弥の切羽詰まった声に、ハルは足も彼の腰に巻き付けた。離れたくなかった。

「イって。私の中でイって――」

「ハル……っ」

腰の動きが激しくなり、ばちゅばちゅと接合部が淫猥《いんわい》な音を立て始めた。

「くっ――！」

思い切り奥を突かれ、壱弥の精が吐き出される。同時にハルの体も昇りつめ、一気に弛緩した。

強く抱き合ったままキスを交わし、互いの瞳の中に歓びにあふれた自分を見つけ合う。幸せだった。

◇

壱弥の海外出張が決まったのはそれからしばらくしてのことだった。

「十日以上もいないのかぁ……」

ハルは寂しそうに呟く。行き先はバンクーバー。『ＫＵＪＯ』は海外でのシェアも高い。取引先との会合や現地工場の視察が目的だった。

「本当はハルも連れて行きたいけど、仕事があるもんなあ」

　壱弥もつまらなさそうに呟く。仕事は簡単には休めない。ハルの勤め先は比較的経営母体が安定しているので、保育士不足のこの御時世《ごじせい》でも定休は取れるし人員も足りている方だが、決して余裕があるわけではない。仕事も子供達も大好きだから長期休暇は取り難い。

「ごめんなさい」

「謝ることじゃないよ。でも……しばらく実家に帰っていた方がいいかもしれない」

「なんで？」

「俺の長期不在を知ってあの女がまた近付いて来ないとも限らないからな」

「あの女って」

「磯島理恵」

　自分を産んだ女の名前を、壱弥は意識的に感情が入らぬように言い捨てた。

「……ああ」

「あれだけ脅したから大丈夫だとは思うけど、少しでもおかしいと思うことがあったら九条の両親に相談して。万が一の時は警察を呼んでいいから」

「……わかった」

　確かに一般常識に対する共通認識の低そうなタイプだった。何を言われても自分の都合のいい解釈にねじ曲げられるタイプだ。何かあっても話は通じないと思った方がいいだろう。しばらく家族の顔も見ていないし、職場は実家の方が近い。遊びに行くのもいいかもしれない。

「――早く帰ってきてね」

会えなくなるのが寂しくて、ついそんな我が儘を言ってしまった自分にびっくりする。

「ご、ごめん！　今の無し！　お仕事頑張ってね！」

焦り笑いを浮かべるハルの、頭を壱弥が優しく撫でた。

「毎日連絡するし、なるべく早く帰るよ。俺もハルに会えないのは辛い」

「……うん」

たかが出張だし、壱弥の立場であればこれから何度でもあることだ。ハルはそう思い直し、精一杯の笑顔で壱弥を見送ることにしたのだった。

◇

「あちゃー……」

久しぶりに実家に帰ってみたら、家の中は荒れ気味だった。さすがに大人しかいないのである程度は片付いているが、最近掃除をした様子がない。

壱弥はあまり物に執着がないので仕事関係以外は物も少なく、きっちり片付けるタイプだったのですっきりした生活が続いていたのだが、そう言えばこういう家で育ったんだとハルの口元にしょっぱい笑みが浮かぶ。

（母さん、締め切り近いんだな）

母親の瑞穂《みずほ》は作家兼翻訳家だった。多少癖が強いので売れっ子のミリオン作家というわけではないが、ジャンル内ではマニアックな固定ファンがついていて、本が出れば平積みされる程度には売れるらしい。ので、わりとコンスタントに仕事は来ていた。余裕がある時はそれなりに家事もこなすが、締め切り近くや仕事が乗ってくると一気に家事能力が低下する。

もちろん最低限自分のことは自分でするのが小鳥遊家のルールだが、そもそも何かに夢中になると他が見えなくなる一族なので、日常生活は雑になりやすいのが常だった。結果、比較的時間に余裕のあるハルが自宅にいた頃はかなりの範囲で家事をすることが多かった。

嫁ぐ時にその不安を告げたら「まあ何とかなるでしょ」という答えだったのだが、これは何とかなっている方なのか。まあ「死ななきゃいい」というのが基礎理論の人たちだしな。ハルは軽く肩を竦めて家の中を掃除し始めた。

「ハル！　帰ってたの？」

憔悴《しょうすい》した様子の母親が、マグカップを持って書斎から出てくる。

「そう連絡したでしょ？」

「もっと遅い時間かと思ってたんだもの」

「既に早い時間ではないと思うけど？」

時計を見たらもう二時近い。昼過ぎに行くと伝えてあったから、早い内には入らないだろう。

「あー、さっき時計を見た時は十時くらいだったのよ」

瑞穂はもごもごと言い訳する。

「いいよ、気にしないで。お昼ご飯まだでしょ？　何か簡単に作るね」

「あー、ありがとう」

「お父さんはまた大学の研究室に引きこもりでしょ？　アキ兄やナツ兄は？」

「皆、グループメッセでハルが帰るって知ってるから帰ってくるでしょ。少なくとも芙弓は夜来るって言ってたわ」

「わーい、ふーちゃんと会えるの久しぶり。楽しみ」

ハルは手早くテーブルにあったパンでハムとキュウリのサンドイッチを作ると、瑞穂の前に置いた。

「あんたのそれも……才能よねえ」

「ん？　只のサンドイッチだよ？」

才能、と言う言葉とは一番縁遠かったので、ハルは首を傾げた。

「いや、料理の手際もいいんだけど、それだけじゃなくて」

瑞穂は三角に切られたサンドイッチを面白そうに見つめる。

「うちは皆マイペースで自分第一主義みたいのばっかだったけど、ハルがいるとなぜか皆自然に集まるのよ。で、ちゃんとした家族みたいになるの」

「家族みたいって家族でしょ」

突っ込んでハルは苦笑する。ちゃんとした家族ってどんなんだ。

しかし瑞穂の言わんとすることも分からなくはない。

個性と我の強い九条家にとって、ハルは緩衝材《かんしょうざい》であり緩和剤だった。自ら意図してそうしてきたわけではないが、温和で自己主張の少ない末っ子がいると、なぜか皆寄ってきて、ぬいぐるみの熊にするようにハルを甘やかそうとしたり甘えようとしたりするのだ。

衝突の多い兄同士も、ハルにはどちらも優しかった。もっともずっとそれが当たり前だったから別におかしいとは思っていなかったし、大人になった今でも家族のあり方はそれぞれ違うのだと言うことで納得している。

「そんなちびっ子ハルが、こんなに早く結婚して家を出ちゃうなんて、思ってもみなかったわ」

美味しそうにサンドイッチを摘まみながら瑞穂は笑った。

母の言い方に、ハルは改めて愛されて育ったことを実感する。親にも兄弟にも大切にされてきた。飢えることもなかったし、家はどこよりも居心地のいい安全な場所だった。自分はなんて恵まれた子供だったんだろう。

厳しい環境の中で生き延びてきた壱弥を思い、ハルは少しだけ胸が痛くなる。

「ちびっ子って言わないで。それに……いきなりチャンスが目の前に降ってきたから、つかみ取ろうと必死だったんだもの」

「そうよねー。その件に関してだけはあんたずーっと諦めなかったもんね」

ハルの長年の片思いは家族中が知っていた。所詮は始まりが小学生なので隠しきれなかったのもある。それでも最初は子供の恋だし、すぐに忘れるだろうと皆からかって遊ぶ程度だった。が、通称「壱弥さん病」は一向に衰える事なくハルの一部で有り続け、面白がられたりからかいのネタになっていた。よもや壱弥本人と結婚することになるとは誰一人思っていなかっただろう。ハル本人も含めて。

「どう？　壱弥さんとの生活は楽しい？」

瑞穂に訊かれてハルの首筋がうっすら赤くなる。楽しいかだなんてそんな。

「楽しい、よ？」

色々あったけど。今は怖いほど幸せだ。壱弥は優しいし大切にしてくれる。愛してるとも言ってくれたし。きゃー。

「はいはい、ご馳走様《ちそうさま》。上三人に今日は弄られ倒す覚悟をしておくのね。あと、お父さんに嘆かれるのも」

末っ子のハルを誰より可愛がっていたのは父親の志貴《しき》だった。

ロボット工学者である志貴は、大学の学生達と共に研究一途だが、末っ子のハルだけは猫可愛がりして、自分の研究所や関連パーティに連れて行ったりしていた。単純に父の研究を素直に賛嘆するのがハルだけだったせいかもしれないが。

しかしそれもハルが壱弥と出会うまでで、ハルの興味がひたすら壱弥に向いてしまうと、志貴は目に見えてしょげてなかなかハルを壱弥に会わせようとはしなかった。もっとも壱弥とハルでは無理そうなのを感じ、父親なりに牽制《けんせい》して傷付けまいとしていたのかもしれない。その辺りは「小鳥遊家ハルの初恋事件」として家族間で語り継がれている。

「でも……壱弥さんが挨拶に来た時、お父さんだって反対しなかったよ？」

「そりゃあね、ハルだってもう大人だもの。口を挟む筋合いじゃないでしょ」

その辺りは放任主義の小鳥遊家らしい采配である。

「歳の差とか生まれ育った環境の違いはあるでしょうけど、その辺は本人達の問題だし……それに」

意味ありげに光る瑞穂の目を見て、ハルはさっと身構える。瑞穂は壱弥が幼い頃、酷《ひど》い環境で育ったことを知っているのだろうか。父は？

「あんたのしぶとい初恋がどうなるか見てみたかったし？」

「あー……」

半ば安堵の息が漏れた。ハルでさえ最近まで知らなかったことを、瑞穂が知っているはずはないだろう。母親の瑞穂の人が悪いところはこんなところだ。母親として、というより作家としての性《さが》なのだろうか。

「晩ご飯、何にしようか。ふーちゃんやお父さんも帰ってくるなら皆で食べられるものがいいよねえ」

基本的に自分の事は自分で、の小鳥遊家でも、細々とした家事をハルが担うことが多かったのは、その手の家事が嫌いじゃなかったからだ。ハルが作った料理を家族が美味しそうに食べてくれれば嬉しい。

「あら、お寿司《すし》かピザでもとればいいわよ。何時に帰ってくるかだって分からないんだし」

しかしハルのそんな気遣いを瑞穂はばっさり切り捨てる。

「えー、でもしばらく居候《いそうろう》させて貰うんだし……」

「実家に居候もなにもないでしょ。それより……今の原稿あと一日二日で終わるから、そうしたらあんたの好きな炊き込みご飯と茶碗蒸《ちゃわんむ》し作ってあげる」

「え？　やったー！」

瑞穂の申し出に、ハルは久しぶりに小鳥遊家の末っ子に戻って快哉《かいさい》を上げた。

◇

夜になって兄や姉が帰ってからは賑やかな夜になった。

瑞穂は仕事が残っていたので早々に書斎にこもったが、父親の志貴が弱い酒であっさり寝てしまうと、容赦のない追求が始まる。

「壱弥さんてあっちはどうなの？」

「あっち？」

「ハルは初心者だからかなり手こずったでしょう」

芙弓がチェシャ猫のような笑いを浮かべると、兄たちも興味深そうに聞き耳を立てる。

「何それ！　何も教えないよ！　言うはずないじゃん！」

兄弟に性事情なんて言えるわけがない。

「しっかし本当にハルがあの九条のボンボンと結婚しちゃうんだもんなー」

「末っ子ぶっちぎり」

「いくつで諦めるか皆で賭けてたのになあ」

長兄の義昭がフレームレスの眼鏡の位置を直しながら残念そうに呟く。

「うそ！　聞いてないけど！」

「言ってないし。その代わり賭に勝った奴は総取りだから全力でハルを慰めることになってたんだぜ？」

次兄の千奈津が首より太い筋肉質の腕を回しながら、フォローとも取れない発言もする。

「そんな思いやりいらない！」

「まあまあ、ほら飲んで。でもいいよなー。九条の御曹司なら給料も半端なくいいだろうし。俺、今欲しい機材あってさあ。たまに貸してくれない？」

「ダメ！　壱弥さんは私のだから！　そんな理由じゃ貸せないから！」

「え？　本気ならいいの？」

「その時はこっちも全力で戦うもん」

「おー、さすが初恋番長。女っぷりも上がったじゃない」

「そんな二つ名いらない……」

芙弓のニヤニヤした突っ込みにハルはがっくり肩を落とす。久しぶりの兄妹呑みにテンションは絶好調である。そこにハルの携帯が鳴り始めた。

「壱弥さんだ！」

ハルは神速で携帯を取り、通話モードを入れる。後ろの外野を閉め出すために廊下に出た。

『ハル？』

画面に現れる壱弥の姿に泣きそうになる。まだマンションの玄関で見送ってから二十四時間も経《た》っていない。

「あの、実家に戻ってるので後ろがうるさくて……」

『そうみたいだな。でも元気そうで良かった』

「元気ですよ！」

寂しかっただけで。

『お父さんやお母さんに挨拶した方がいいかな』

「ううん。母は仕事でこもってるし、父は酔っ払って寝ちゃったから……」

『そうか。じゃあ後でよろしく言っておいてくれ』

「うん」

『じゃあ』

短い通話が切れると、世界のどこかで扉が閉まったような寂しさに包まれる。自分だけ何かからはみ出してしまったような心許《こころもと》なさ。

「私たちからもよろしく言ってくれて良かったんだけど？」

「ふーちゃん！　アキ兄！　ナツ兄！」

気が付けば後ろから兄姉たちがニヤニヤしながら覗き込んでいた。

「もう！　プライバシーの侵害だから！」

「きゃー、ハルが怒ったー！」

携帯を振り上げて殴ろうとするハルに、芙弓はきゃいきゃいと逃げ回る。

実家に帰っていて良かった、家族がいてくれるから壱弥がいない寂しさが紛らわせる。

ふと家族に恵まれて育ってきた自分を思い、ハルは幼い壱弥を過ごしてきた長い孤独な夜に思いを馳《は》せて泣きそうになる。

「ん？　どうした、ハル？」

義昭が覗き込む。けれど壱弥の過去は気軽に口に出来ることではない。

「ううん、何でもない」

「さては壱弥さんがいなくて寂しくなったな？」

「んー、そんなとこ」

「うわ、新妻ヤバい！　のろけたし！」

「何よそれ。ヤバくないですー」

兄姉達の弄りを躱《かわ》しながら、ハルは無邪気なふりをして笑った。

◇

二日後、無事に締め切りを終えてがっつり寝た瑞穂は、約束通り、夕飯にハルの好物を並べてくれた。

「きゃー、お母さんのかやくご飯、久しぶり――」

仕事から帰宅したハルは、思わず目がハートになる。具材となる野菜や肉を一から切って味付けする瑞穂のかやくご飯は、具体的にどうとは言えないのだが、お店やレトルトでは味わえないものだった。ハルも見よう見まねで作ったりするのだが、意外にうまく味が決まらない。

「はいはい、茶碗蒸しももうすぐできるから、手を洗って着替えてらっしゃい」

父や兄たちは仕事でまだ遅くなりそうだったので、瑞穂と二人での夕食になる。

「は――、やっぱ美味しい。壱弥さんにも食べさせてあげたいなあ」

思わず零《こぼ》れた言葉に、瑞穂はくすりと笑った。

「幸せそうで何より。おかわりは？」

「う〜、食べたいんだけど……」

「しないの？　あんたにしては珍しいわね」

「休憩中にお菓子食べすぎたかも。なんかちょっとこの辺むかついてて……」

ハルはそう言って胸の辺りに手を当てた。本当はお菓子もあまり食べていない。ここのところ、なんだか吐き気がするのだ。けれど普段あまりないことだけに、気のせいかと思おうとしていた。

「ハル、あんた……」

瑞穂が箸を置く。

「大丈夫、別に壱弥さんがいないから寂しいって訳じゃなくてね」

慌ててそんな言い訳をする。

「そうじゃなくて、最後に生理があったのはいつくらい？」

「え？　えーと……ここんとこ忙しくてずれてたからなあ……」

記憶のページをめくる。ずっと壱弥といちゃいちゃしていたということは。

「あれ？　しばらくきてないかも……」

「じゃあ……それってつわりじゃないの？」

「ええ⁉」

言われて思い出した。結婚当初はちゃんと意識していたのだ。なにせ子供を作るのが目的の結婚だったのだから、基礎体温も毎日測っていた。

しかしここしばらく、正確には磯島理恵の出現後、壱弥と思いを通じ合わせるようになってからあまり数えていなかった。というか、夜だけでなく朝起きた時も求められることが多かったので、計るタイミングを逸していたというか。

（だっていつのまにかパジャマ脱がされてたりするし、こっちも気持ちいいからつい……）

思い出して赤面する。むしろ来なければ来ないでいつでも色々できることの方が嬉しかったのかもしれない。

「別に避妊はしてなかったんでしょう？」

「え！　……ま、まあ……」

恋愛経験値が壱弥に片思いとイコールで来たハルは、母親と生々しい話をするのが初めてで動揺してしまう。芙弓の恋愛話やそれに関する瑞穂とのやりとりは横で聞いていたが、自分のこととなると恥ずかしさが先に立った。

「恥ずかしがることじゃないでしょ。結婚して夫婦なんだし」

むしろそんなハルに瑞穂の方が呆れた声を出す。入籍までした娘がこんなに純情で大丈夫なのかと心配顔だ。

瑞穂はおもむろに自分の携帯電話を取り出すと、画面に手早く何かを打ち込んでいる。

「お母さん？」

「芙弓に検査キット買ってくるように伝えたから」

「え？　でもこの前帰ったばっかかなのに悪いよ！」

芙弓は実家から出勤となると少し遠くなる。

「でも義昭や千奈津に頼むのも嫌でしょ？　こういうのはさっさと調べなきゃ。万が一でも妊娠してたらしてたで食べない方がいいものとかもあるんだから」

さすが四人の母。話が早い。

「芙弓にはかやくご飯三日分で手を打ったから大丈夫。後片付けとかはいいから、お風呂入っちゃって少し横になってなさい」

「うん」

瑞穂に言われるまま、ハルは食べきれなかったご馳走に未練を残しながらダイニングを後にした。

◇

芙弓が買ってきた検査キットを使用した結果は陽性。くっきりとでたピンクのラインに、ハルはどう反応していいか分からない。

そのつもりで結婚したのに。そのために避妊も一切しなかったというのに。

「体調は？　とりあえず明日もまだ仕事なんだからさっさと寝なさい」

「うん」

瑞穂にきっぱり言い渡されて、ハルは寝室に向かおうとした。が、足を止めて母親と姉の顔を見る。

「あの、ナツ兄やアキ兄にはまだ言わないで」

「別にいいけど、なんで？」

「まだ病院で診てもらわなきゃ確定できないし……もし確定なら、できれば壱弥さんが帰ってきたら、直接最初に伝えたい」

壱弥は喜んでくれるだろうか？　ハルとの子を？　それとも遺伝子を？

ダメだ。少し情緒不安定になっているらしい。

「それもそうね。ただ――お父さんには一応伝えたいんだけど、いい？」

家長だから、と言うわけではないが、何かと不在がちの夫に、瑞穂は家族内の情報をなるべく共有しようと心がけている。それは子供達の父親である志貴も望んでいることなので、小鳥遊家では暗黙の了解となっていた。

「あー、うん。わかった」

ハルはそう答えて自室のベッドに戻る。壱弥にメッセージで伝えようかとも思ったが、やはり躊躇われた。言うなら目の前で言いたかった。電子の画像越しでなく、彼自身の反応をハルの全身で知りたかったのだ。

◇

その後はあまり体の不調もなかった。産婦人科も自分で調べて受診した。

「着床してます。そろそろ八週目、ですね」

まだ黒い点にしか見えないそれを指さし、まだ若そうな女医はそう言った。

（いるんだ……）

実感した途端、何かがこみあげる。嬉しいとか悲しいみたいな説明の付く感情ではなかった。強いて言えば、初めて奇蹟《きせき》を見てしまったような驚きだろうか。

新しい命が、自分の中に存在する。そんな生物的には当たり前のことなのに、驚いている自分にも驚きだった。

帰宅後、こっそり母親に報告する。瑞穂は「しばらく飲めないわね」と笑った。

第六章　流れる血の行方

その晩は珍しく大学の研究室にこもりきりの父親、志貴が帰宅した。しかしそんな時に限ってハルは激しい眠気に襲われ早々にベッドに入ってしまう。仕事中は気を張っているのかあまり変化はないが、これも新しい命に対応しようとする体の変化の一環なのかもしれない。

幸いまだ激しいつわりはない。少し食欲が落ちているだけだった。

夜中に尿意を催《もよお》し、トイレに起きる。

廊下の先の父親の書斎の、ドアの隙間から珍しく灯《あか》りが漏れているのが見えた。帰宅時あまり話せなかったから、声をかけようと近付くと、瑞穂の声が聞こえる。どうやら二人で飲んでいるらしい。

「お父……」

言いかけて止まってしまったのは、二人の間にいつになく親密な空気が流れていたからだ。

夫婦だから当たり前とは言え、あまり一緒にいない二人だったし、いつでも子供が駆け寄る隙は残してあった。それが今はない気がして、ハルは微妙に躊躇う。

「あのハルがねえ……」

しみじみとした声は志貴だった。

「そう。あのハルが、よ」

しみじみ言うのはやはり末っ子だからだろうか。それとも色恋に関しては初恋一徹で、経験値が低いまま来ていたのに、予想外に初志《しょし》貫徹《かんてつ》してしまったからだろうか。母の声は続いた。

「正直、あの子がいてくれたおかげで私たちは家族という形を保てたんじゃないかという気がした時も少なからずあったわ」

「そうだね。僕たちは……芙弓や義昭達も含めて、マイペースすぎるきらいがあるから、ぶつかれば引かないし、そもそも協調性がない。その点、ハルは中和剤みたいな子だったから」

中和剤？　なんだそりゃ。

「小さい頃はずっと心配だったのよ？　上三人に比べて全然手がかからないんだもの。いっつもニコニコして我を張ることがなかったから、逆に発達に問題があるんじゃないかって」

「まあ、他の三人の幼児期は自己主張が激しかったからなあ。でもその分、三人がハルを可愛がってたのもあるだろう？」

「まあ、半分玩具《おもちゃ》扱いでね」

知ってる。上三人は互いに牽制し合っている部分があったが、ハルに対しては手放しで可愛がられた。玩具扱いと言われればそうだが、特に困ったこともなかったので不満はない。それになんだかんだと最終的には甘やかされていた。それは単純に末っ子的にライバル認定し得ないからだと思っていたし、四人の中でハルだけが競争心等があまりなく、ぼんやりしているからだろうとも思っていた。小鳥遊家における平凡オブ平凡が自分の居場所だとあまり違和感もなく受け入れていたのだ。

「でも実は怒らせると一番怖いのがハルだったのよね。覚えてる？　ハルが六年生くらいの時、義昭が怒らせて……あの時だけは一歩も引かなかった」

覚えている。からかわれたのは壱弥のことだった。『子供を相手にするはずがない』と言われて、分かっていたけど悲しかったのだ。ちょうど義昭は思春期の鬱屈《うっくつ》を抱えていた時期で、言い方に悪意があった。ハル自身もまだ子供だったので、その悪意が許せなかった。『もしそうだとしてもアキ兄に言われたくない』そう言って一週間口をきかなかった。

「あったねえ。上三人が反面教師だったのかと思ってたけど、あれはあれであの子の本質だったな。意外と強情というか。普段滅多に怒らない子だから、怒らせると余計怖いんだな」

結局義昭が折れて謝ってきたので、ハルはどうしても上手くいかなかったゲームのイベント攻略で手を打った。義昭は志貴と別方向でマシンマスターだった。

「本当に……ハルは僕を……僕たち皆を幸せにしてくれた。うちの子として迎え入れたあの日から――」

（え？）

「志貴さん！」

（何？　今、なんて言ったの？）

「ああ、ごめん。言わない約束だったな」

「二度と、言わないで」

「悪かった。瑞穂」

ハルは音も立てずに後じさる。そして再びベッドに潜り込んだ。子供の頃から使っている、白木枠のベッド。へたり始めたマットレスに小花柄のかけ布団。

（うちの子としてって――なんのこと？）

両親が言っていた言葉の意味が分からない。まるで文字化けした言葉を聞いてしまったような。

（だって……そんなはずないし。聞き間違い、だよね？）

ハルは体を丸め、まだ全く目立たないお腹の子供を抱えるようにして目を閉じた。

◇

結局夜はあまり眠れず、心配そうな顔をする瑞穂を振り切って仕事に出た。そして必死に自分のことは頭の隅に追いやり、仕事に集中する。何せ相手は幼児だ。平気で面白がって崖《がけ》っぷちを歩く生き物なのである。ちょっと目を離しただけでどんな大惨事が起きるとも限らない。

それでもかなりやんちゃ系男児が、ハルにかまってほしくていたずらで砂場の砂を投げつけてきた時は、驚きのあまり泣いてしまった。他の子にあわせてしゃがんでいたので思い切り目に砂が入ってしまい、痛みで混乱して涙が止まらなくなったのだ。

いつもなら落ち着いて厳しく諭《さと》すハルが、突然泣き始めたので男児はびっくりする。

「す、すなだし！　いたくないし！」

悪気はなかったと言いたいのだろう。しかし一旦噴き出したハルの涙はなかなか止まらなかった。多香美が駆けつけて「ハル先生、あっちで目を洗おう。それから傷付いてるかもしれないから目薬もさしてきて」

てきぱきと追いやられたハルは、ここは多香美に任せようと職員用の手洗い場に駆け込む。そして何度も自分の目を冷たい水で濯《すす》いだ。

（ヤバい。あの子、びっくりしてた。急いでフォローしなきゃ）

ハルは急いで踵を返すと、多香美の元でべそをかいている男児の元に駆けつけた。

「ごめんね、驚かせて！　ちょっと砂が目の中にいっぱい入っちゃって涙が出ちゃった。でもようたくんもダメだよ？　お友達の目に入ったら危ないからね？」

「ハルせんせーのめ、見えなくなっちゃう？」

顔をべしょべしょに濡らしながら男児は問いかけてきた。どうやら多香美が少しきつめのお灸《きゅう》を据えたらしい。

「大丈夫。見えなくなったりなんかしないから。ようたくんこそ泣きすぎたら目が溶けちゃうぞ？」

しゃがんだ姿勢で覗き込むと、男児はしばらくへの字口で涙を溜《た》めていたが、やがて「めはとけないよーだ！」とあかんべえをして走って行く。

「あー、もう反省してないったら！」

多香美がしょっぱい声を上げた。

「でも……ちゃんと心配してくれてたし、大丈夫ですよ。もうしません。……たぶん」

「たぶん？」

多香美がちろんとハルをねめつける。ハルは「ははは」と笑ってごまかした。子供に『絶対』は通用しない。何度も何度でも繰り返し伝えていくしかない。

「でも本当に大丈夫、ハル先生？」

「はい、大丈夫です。ありがとうございました！」

笑顔を作ってガッツポーズを決めると、子供達の輪の中に入っていった。

◇

とは言え仕事が終わると昨夜の混乱がまた戻ってくる。聞き違いに違いない。あるいはハルの勘違いか。そう思うのに、両親の声が何度も脳裏に蘇り、ハルを混乱させる。

ハルは実家に帰ることが怖くなってしまった。直接母に聞けばいい。そして「ばかねえ、なに勘違いしたの」と笑ってもらえばいい。そう思うのに、足が家に向いていかない。

気が付けば壱弥と住むマンションに戻っていた。

誰もいないマンションで、壱弥の匂いを求めて息を吸い込む。数日しか空けていないのに、懐かしい気がするのが不思議だった。あちこちに壱弥の気配が隠れている気がする。ハルは携帯を取り出すと『仕事に必要な資料があったのでマンションに戻りました。今日はこっちに泊まるから』と母親宛のメッセージを打ち込んだ。

そして着替えもせずにリビングの大きなソファにしゃがみ込み、クッションを抱えて丸くなった。

◇

昨夜の寝不足のせいもあったらしい。ハルはそのままソファで眠ってしまっていた。

夢を見ていた。ふわふわと足下が覚束《おぼつか》ない夢だ。何かを探している。あるいは誰かを。しかし見つからない。何かを探しているのは分かるのに、何を探しているか分からなかった。気持ちだけが焦り、途方に暮れ、どうして良いか分からなくなる。

どうしよう？　どうして？

エンドレスリピートの問いの中で、遠くに何かが鳴る音がした。教会の鐘？　結婚式で鳴っていたチャペルの音？　なぜかそう思い、そっちに向かって駆け出す。なんでもいいから助けてほしかった。

（壱弥さん、壱弥さん――――！）

そこにいるなら助けて。

しかしようやく見つけた教会のドアは鍵が閉まっているのか開かない。その場にしゃがみ込んでしまったハルの耳に、一際大きな鐘の音が響いて覚醒《かくせい》する。

違う。鐘の音じゃない。玄関のインターフォンベルだ。

それに気付くと、慌てて起き上がりモニターを見る。そこに映っていたのは姉の芙弓だった。

「ふーちゃん⁉　どうしたの⁉」

『いいから開けて。ご飯持ってきたから』

芙弓は仕事帰りの格好で、デパ地下の袋を掲げて見せた。

「寝てたの？　部屋暗くしたままで」

「うん。なんか今日は暑かったから疲れちゃって」

リビングに通し入れて渡されたビニール袋をごそごそ開く。

「わ！　豊蓉堂《ふようどう》の豆乳プリンだ！　柿膳《かきぜん》のおこわ！　蘭々楼《らんらんろう》の点心とエトワールのキッシュもある！」

「ふっふっふ、閉店直前の半額品かっさらってきたわ」

芙弓は自分が勤めるデパートの、人気商品を格安で入手してきていた。ハルの好物ばかりである。

「ふーちゃん素敵！　愛してる！」

「はいはい。悪いけど私は飲むわよ？　今晩泊まってもいい？」

更にもう片方の手にアルコールの袋をぶら下げていたが、ハルの妊娠を気遣ってか珍しく断りを入れる。

「もちろん！　お茶入れるね」

ハルは自分の分の湯飲みを用意してテーブルに料理を並べた。

「でも珍しいね。ふーちゃんがうちのマンションに来るなんて」

「そりゃあ新婚だったもの。しかも電撃結婚のよ？　いくら私だって遠慮くらいするわよ」

「え――、全然構わなかったのにー」

かくいうハルも結婚前は芙弓が一人暮らしをしているマンションにしょっちゅう遊びに行っていた。ハルも結構飲める方だったから、二人で飲み明かしたこともある。とは言え確かに壱弥との生活は気が付けばいたしていたりしたから有難い気遣いかもしれない。

「本当にあんたはねー、普段私らに隠れてあんまり目立たないのに、突発的にとんでもないことしでかすのよねー」

昔話に花を咲かせながら、芙弓はほろ酔いの顔で言った。

「えー？　そうだっけ」

「そうだよ。それで発覚すると私や義昭達が唆《そそのか》したみたいに怒られるんだから」

「あー、その節は……」

これはハルの責任ばかりではないと思う。とにかく上の三人は目立ちすぎるのだ。それに対し幼い頃のハルはと言えばどちらかと言えばぼーっとした子供だったので、どうしても上に振り回されていると思われがちだった。

「それでもあんたはほや〜っと罪のない顔をしてるもんだから」

「………………」

いつもなら冗談で応酬するのにできなかった。確かに上三人と自分は似ていない。それはずっと言われてきたことではあるし、自分でもそう思っていた。

けれど血が繋がっていないからだとは露《つゆ》ほども思ったことがなかったのだ。むしろそうと分かれば腑《ふ》に落ちることの方が多いのに。

「……ハル？」

「いや、ごめん。ちょっとぼーっとした」

自分は今おかしい。妊娠のせいかもしれないし、思いがけない真実を知ってしまったからかもしれない。理由を特定することに意味はないが、とりあえずおかしい。そんなハルを芙弓は凝視しながら人差し指を立てる。

「知ってた？」

「え？」

「あんたは嘘を吐く時、鼻の頭を掻《か》くんだよ」

無意識に指先が鼻の頭に動いていたハルを見て、芙弓はにやりと笑った。

「！」

「ほら、なんかあったんならお姉ちゃんに話してみな？」

そうだ。どんなに似てなくても、家族は皆ハルに優しかった。当たり前のようにそれはいつもあった。だからハルは彼らが本当の家族であることを疑ったことがなかったのだ。

「…………ふーちゃぁん——」

「あー、よしよし。バカだねえ。あんた脳味噌のキャパは少ないんだから、考えすぎるとショートするって知ってるでしょ？」

芙弓の言葉に、混乱していた感情が涙となって溢れてくる。

「知ってる、けど……」

「そういう時のために無駄に頭のいい姉がいるんだからね？」

「ううううう——」

芙弓に肩を抱かれ、甘えん坊の末っ子に戻ってしまった。とは言え自分が両親の実子でないかもしれないと、口に出すのは勇気が要った。それに。

「私さあ……子供の頃、本当はちょっとだけ疑ってたことがあって」

「ん？」

そうだ。忘れていた。

「ほら、私だけ家族の誰とも似てないから、本当はよその子なんじゃないかって」

「あー……」

末っ子似てない発言は芙弓も周囲から言われ慣れていたから軽く相槌《あいづち》を打つ。

「でも高校の修学旅行でパスポート取った時に戸籍謄本《とうほん》見たから」

行き先がシンガポールだったので、必要に迫られて取り寄せた。謄本には『次女』の記載があったはずだ。養子なんてどこにも書かれていなかった。

「その時、実はちょっとがっかりしたんだよね」

ハルはペロリと舌を出す。何せ不幸に憧れるお年頃である。調べてみたら自分だけ血が繋がらないなんて、ちょっとした少女漫画設定ではないか。

しかし安堵の方が上回ったのも確かだった。そんなことそうそうないか。

けれど一緒になって「わかるー」と笑ってくれると思った芙弓の顔は硬かった。

「ふーちゃん？」

「……ハルは、うちの家族で私の妹。そうでしょ？」

いつもは一番勝ち気で暴君な長姉の、いつになく心許なさそうな芙弓の顔に、ハルは背筋がぞくりと鳴るのを感じた。

(――あれ?)

高校の時はあの戸籍を見ただけで単純に納得し、安心していた。けれど大人になった今、当時はなかった知識も増えている。

『特別養子制度』

確かその制度なら戸籍上も実子で明記されるはずだ。細かい条件は覚えてないけれど。ハルは飲みかけていたお茶をテーブルに置いて姉を見た。

「……ふーちゃんは知ってたんだね?」

「やだ、何の話?」

芙弓はハルの視線を避けて春巻きに手を伸ばす。

「私が、本当は小鳥遊の娘じゃないって。この間、母さんに聞いちゃった」

「うそ、そんなはず……!」

あ、やっぱり。姉のリアクションですんなり納得してしまった。

「そっかー」

無意識に思ったことが口に出る。

「ハル、あんた……!」

自分の失態に気付いて芙弓は目の前の老酒《らおちゅう》をあおった。

「本当にもう！　天然平和記念物みたいな顔して人をひっかけるんだから……」

「えへへ、くせの強い姉や兄に鍛えられてるから」

へら～っと笑ったハルに、芙弓は額を右手で押さえて見せた。

「詳しくは……私も知らないわよ。母さんたちから何か聞いてるわけでもないし。ただ……覚えてるのは一年生の頃、母さんがしょっちゅう病院に行ってて、しばらく帰らないと思ったら突然あんたを連れてきたって事。『ほら、あんた達の妹よ』って」

「それで信じたの？」

「まあ義昭や千奈津はまだ小さかったから。でもさすがに私はもう小学生だったからね。あれ？　って。そもそも義昭や千奈津の時は母さんのお腹の大きい時期があったわけだから」

「そっか。だよねえ」

なんにせよ、小鳥遊の両親が実の子でないハルを養子として引き取ったのは確かなようだ。

「そっか、それで母さん、ハルの様子を見に行ってほしいって……」

「なんだ。母さんに頼まれて来てくれたの」

「なんか今朝、様子がおかしかったからって。まあ……私も心配だったし」

「ありがと」

しばらく二人の間に沈黙が降り積もる。

「ハル、大丈夫？」

唐突に上目遣いに芙弓が聞いた。

「う～ん、思ったよりは？」

正直なところを芙弓に告げる。単にショックで感覚が麻痺《まひ》しているのかもしれないが、ハルの心は凪《な》いでいた。言われてみれば腑に落ちると、思いあたることはそれなりにあったからだ。

「ハルはうちの子だよ」

芙弓はもう一度重ねていった。

ハルは一瞬驚いたように目を丸くして、それから微笑んだ。

「うん。知ってる」

血の繋がりがないことにどんな経緯があるにせよ、赤ん坊の頃からハルと一緒に生活し、育ててくれたのは小鳥遊の家だった。それは紛れもなくハルの心の中心に土台としてある事実だった。揺らぐことがあっても、消え去ることはないのだ。

けれど。

この事実を壱弥に告げたら、彼はなんと言うだろう？

◇

『ハル、なんだか元気ない？』

一日に一度は連絡をくれる壱弥が、心配そうな声を出した。

「どうして？　元気だよ？」

あくまで平静を装うハルに、壱弥はモニターの中から疑いの眼差しを向けた。

『もしかしてまたあの女が……』

険しくなる表情に、慌てて首を振る。

「違うってば！　彼女とはあれ以来全然会ってないし！　ただいい気になって実家と行き来してたから……ちょっと疲れたみたい」

仕事に飛び回って忙しい壱弥にそう言うのも気が引けたが、通話越しに真実を告げる気にはなれなかった。

「壱弥さんこそ大丈夫？　ちゃんとごはん食べて睡眠とってる？」

多忙になると自分のことはお構いなしになる壱弥に、ハルは矛先を向けた。

『もちろん。最愛のワイフに心配かけるわけにいかないからね』

最愛のワイフ。耳と尻尾がぴんと立った。

「…………なら、いいですけど」

そう言った壱弥本人も、照れているらしく頬が少し赤い。

『ＫＵＪＯ！』

その時受話器の向こうで壱弥を呼ぶ声がする。そろそろ午後の仕事だろうか。バンクーバーと日本の時差は十七時間。日本の早朝でようやくカナダのランチタイムが終わるくらいなので、話が出来る時間はそうとれなかった。

『ごめん、ハル、そろそろ……』

「壱弥さん」

『ん？』

言いかけた壱弥にハルはカメラに映らない位置で自分の下腹部をそっと撫でる。

壱弥の笑顔は屈託がない。なんて言おうか、言葉選びに迷う。

「今でも……私の遺伝子が欲しいですか？」

『え？　ああ』

思った以上の即答に、ハルは思わず噴き出してしまう。

『なんで？』

壱弥の不思議そうな顔に「なんでもないです」と微笑んで、ハルは静かに通話を切った。

◇

通話を切った後のハルの笑顔に、何か違和感を感じながら壱弥は仕事に戻る。

（遺伝子が欲しいかって？）

遺伝子、つまりはハルの産む子供と言うことだろう。それならもちろん欲しいに決まっている。ハルに似ていたら男でも女でもきっと可愛いだろう。

自分に似ていたら……？

あまり考えたくはない。壱弥は自分の出自に少なからず嫌悪感があった。勿論日々努力はしているが、実の両親の血を引いてしまうのは、仕方ないといえど不安が残る。しかし少なからずハルの血が流れているならやはり愛せると思う。

（え？　もしかして――）

妊娠したのだろうか。今まで感じたことのない緊張感が壱弥の中を駆け抜けた。と同時に、幼い頃の記憶も蘇る。夏は暑く冬は寒い、ゴミだらけで据えた匂いのする部屋。ひとりぼっちで過ごした時間。彼らといるよりはマシだった気もするが、それでも先が見えない不安に押しつぶされる日々。

（今さらどうしてこんな……）

あの頃とはもう違う。自分はもう寄る辺ない子供でなく立派な大人だ。後ろ盾を得て知識を蓄え、充分自分で自分を養えるようになっている。万が一、九条の家を出ることになったとしても、それなりに仕事を得て糧《かて》を得る自信はある。自分だけじゃなく愛する人を守る力もあるはずだ。

それなのに、なぜ今さらこんな風に不安を覚えなきゃいけないのだろう。

そしてハル。彼女の最後の表情が気になった。やはり何かあったのだろうか。どちらにしろまだ仕事は残っている。

一日も早く終わらせて帰国することを壱弥は固く決意した。

◇

(そっか、やっぱり小鳥遊の遺伝子の件はまだ継続中か)

壱弥の実母と会った一件以来、ハルは壱弥に愛されていると思っていた。実際「愛してる」とも言われたし、そうとしか思えないほど大事にされていた。だからこれは本当の夫婦になれるのではと思ってしまったのだ。

信じるべきなのかもしれない。壱弥の言葉をちゃんと額面通り受け取り、彼の気持ちに変化があったのだと思いたい。

しかし今目の前に壱弥がいないことがハルを不安にさせていた。

なんて人の気持ちは弱いのだろう。自分が小鳥遊の実子でないという事実が、ショックになって弱気になっているのだろうか。確かに両親に少し風変わりな面はあるが、他の姉兄同様、実子同然に可愛がって貰った確信はあるのに。

血の繋がりだけが全てではないと思う。事実壱弥は実の両親を見限り、今の養父母に情愛を注いでいる。それは自分を養子として受け入れてくれた感謝等の堅苦しい一面もあるのかもしれないが。

（本当の事、訊いちゃダメかな）

自分が物心つく前から小鳥遊の家に来た経緯を、訊くことは可能だろうか。

元々上に三人もいるのだから、子供のいない夫婦が実子代わりに、ということではないだろう。ならなぜ？

現状に不満はないのに、事実を知りたい気持ちが募る。それを訊くことで家族との仲がギクシャクするかも知れないのが怖いだけだ。知りたい一方で知らないままの方が楽なのではという気持ちもあった。

ハルは揺れていた。

自分のこと。壱弥のこと。家族のこと。そして今お腹の中にある命のこと。妊娠中は精神的に不安定になるという話も聞くから、それもあるのだろう。

(でも……このままじゃダメな気がする)

血縁にこだわるつもりは毛頭ない。実際養子縁組などで家族を築いている人たちもいる。だけど知ってしまったことに知らないふりをするのは、どこか足下が覚束なかった。

散々考えあぐねた末、ハルは母親の瑞穂に当ててメッセージを打ち込んだ。

◇

「ちょっとハル！　あなたちゃんと食べてるの？」

母、瑞穂の第一声はそれだった。言われてみれば食欲のない日が続いていた。でも保育園で出される給食はちゃんと食べていたはずだ。

「ん〜〜、これもつわりなのかな？　でも寝込んだり気分悪くなったりはないから。仕事もちゃんとできてるし大丈夫だよ」

笑って見せるハルに、瑞穂は心配そうな表情を崩さない。しかしそこは小鳥遊の女と言うべきか、軽く一息つくといつもの冷静な顔に戻った。

「……そう。ならいいけど」

いつもの落ち着いた笑顔に、ハルはホッとすると同時に物足りなさを感じた。もっと突っ込んでくれてもいいのに。芙弓から何も聞いていないのだろうか
「お母さんは？　妊娠してた時、どんな感じだった？　皆それぞれ違ってた？」

「そうねえ……」

瑞穂は遠くを見る目付きになる。

「芙弓の時は結構大変だった。食べられなかったし起きてるのも辛くて……珍しくお父さんがずっと家にいてくれたのを覚えてるわ。義昭と千奈津はそうでもなかったわね」

「へえ」

面白い。今まで意識したことも訊いてみたこともなかったが、自分が妊婦になってみると経験者の言葉の重みが変わってくる。そういえば小鳥遊家ではあまりこの手の話題が上ったことがない。各々が自分のやりたいことばかりやっている家だったからあまり疑問に思わなかった。

「ハル、あんたは……」

瑞穂は言いかけてじっとハルを見つめた。

その時初めて気が付いた。

そうか、自分の時との差を感じさせないために、母は今までこの手のことを話題に上げない

ようにしてきたのだ。そうと気付かせないように、避けてきていた。

「お母さん、本当の事を教えて。どうして私が小鳥遊の家に来たのか」

ハルは一切の感情を廃した淡々とした声で言った。瑞穂はしばらく目を伏せて何かを考えていた。ハルは顎を上げて何も言わずにじっと待つ。やがて瑞穂は顔を上げるとハルとまっすぐ対峙《たいじ》した。

「ハル、あんたのお母さんとは古い友達だった。と言ってもずっと顔も名前も知らなかったんだけど」

母の告白はかなり唐突で面食らうものだった。

「え？　ちょっと待って？　顔も名前も知らなくて友達だったの？」

ハルのリアクションに瑞穂は苦笑を浮かべる。

「そうね。私が作家になる前、投稿サイトに載せていた話は知ってるでしょ？　彼女は私の作品に感想をくれる人だったの。その文章が……割とクールで、でも的確に内容を捉えていて、印象に残る人だった」

ネット上の知り合いと言うことか。確かにそれは少なからずいそうである。

「彼女も何本か作品を書いていて……ああいうのってなんとなく書いているのが男性か女性かとか同年代かどうか、なんて漠然と分かる物なんだけど、彼女のは全く分からなかった。日常的なエッセイみたいだけど小説のようでもあって……、ゆるゆるとした内容なのにたまに鋭角的な視点が入るの。どこか不可思議で印象的な話を書く人だった」

瑞穂は過去の記憶を辿《たど》るように遠い目で語った。

「やがて私が商業作家としてデビューして、そうすると出版社越しにファンレターをくれるようになって。普通なら距離を詰められると多少警戒するんだけど、届けられる感想はとても聡明で繊細なものだったから、彼女からの手紙を私はいつも楽しみにしていたの。だからその後、自然な流れで私たちは直接メールでやりとりするようになった。お互いにHN《ハンドルネーム》なんだけど、昔で言う文通みたいな感じかしらね」

ハルもSNS等を利用するから、その中で知り合った人は何人かいる。あくまでネット上だけの付き合いだが、リアクションが合うというか、気の合うひととの会話は楽しい。元々文章を生業《なりわい》としている瑞穂なら、その感性は更に鋭敏なものだったのかもしれない。

「だけどある日を境に彼女からのメールが途絶えた。実生活が忙しくなったのかもしれないし、あまりつっこんだことを聞くのも失礼な気がして……一度だけ安否を気遣うメールをした。これで返信がなければ仕方がない、そう思って。けれど彼女から思い詰めたような『不安でどうしたらいいか分からない』という返信があって。意を決して彼女に会いにいったの。そうしたら驚いたわ。まだ未成年で、しかも妊娠していたから」

その時点で女性であることは明かされていたらしいが、年齢や職業など詳しいことは聞いていなかった。彼女はまだ十九歳で、妊娠六ヶ月だった。

「顔を見た途端、謝られた。本当はあんなメールを返すつもりではなかった。けれど精神的に不安に揺れていて、他に頼れる大人もいなかったのでつい送ってしまった。ごめんなさい。そう言われたわ。深々と頭を下げられて面食らってしまったけど……そのまま放っておくことも出来なくて何とか事情を聞き出したの」

聞けば彼女は早々に両親を亡くし、高校卒業後から就職して働いていたが、道ならぬ関係に落ちて妊娠したらしい。それでも彼には知らせることなく一人で産んで育てようと決心したが、今度は本人の病気が見つかってしまった。完治は難しく、子供を産むのも危険だという。

『自治体の然《しか》るべき機関に相談して、この子は生まれたら乳児院に入ると思います』

膨らみ始めたお腹を撫でながら、彼女は静かに笑った。

「だから言ったの。確かに私たちはネット上でのやりとりしかしていなかったし、年齢も置かれた環境も違う。だけどそれでも少なからず友情を感じていたのは自分だけじゃないと思う。だからできることがあったらさせてほしい。そうしたら、またハラハラと泣き出して……『ありがとう』そう言った。そうして私は彼女と最期までつきあう約束をしたの」

瑞穂とてまだ幼児を抱える身で、そうそう時間は取れなかったが、何とかやりくりして彼女に会いに行った。夫の志貴や実家の母に家のことを頼んで、彼女の入院する部屋で執筆していたこともある。芙弓が『お母さんが病院に行って不在だった』というのはどうやらこの頃のことらしい。本人の病気ではなく付き添いだったのだ。

「『書いている瑞穂さんの横顔を見ながら過ごせるなんて幸せ』そう言いながら彼女は青白い顔で微笑んでいた。その笑顔が透けるように綺麗でね、ドキリとしたわ」

その笑顔に胸が打たれる思いを抱え、瑞穂は夫に相談する。

『彼女の子が生まれたら……うちで引き取るのはダメかな？』

彼女は赤ん坊に付ける名前を早々に決めていた。男の子でも、女の子でも『ハル』。どうやら赤ん坊の父親にちなんだ名前らしい。その名前を聞いた志貴は「もしうちの子になるならぴったりの名前だね」と笑った。

はじめ、瑞穂の申し出を彼女は断る。『これ以上迷惑をかけられない』と。しかし時間はあまり残されていなかった。血縁者ではない瑞穂が赤ん坊を引き取るとしたら、実の親である彼女の同意が必要だった。

『うちには既にうるさいのが三人いるから、あと一人増えたところでどうってことないわよ』

いたずらっぽくウインクし、静かに説得を試みると、やがて彼女は折れた。本当は嬉しかったらしい。

　そうして彼女はハルを産み落とし、間もなく短い命を終えた。実母である彼女の意志が尊重され、ハルは小鳥遊家の末っ子として迎えられる。

「じゃあ、お母さんが私を引き取ってくれたのは、その人に対する友情？」

「そうね。きっかけとしてはそんな感じね」

「でもいきなり他人の子を引き取るなんて、迷わなかったの？」

　例え上に三人いてそれなりに経験値があろうと、子供一人引き取るには相当な覚悟が必要だろう。ハルは保育士としてその現場の一端を常に見ている。食事を与えて寝る場所を与えるだけでは子供は育たない。育児費用だって馬鹿にはならないし、中には育てにくい子もいるだろう。

「それを言うなら、ハルは上三人よりは断然育てやすかったわよ？」

「いや、結果論で言われても……」

「それにね、生まれたばっかかの時のあんた、そりゃあ可愛かったの。いっつもニコニコ機嫌がよくてふわふわに柔くて。もう親子的な一目惚《ひとめぼ》れがあるとしたらこんな感じ？　ってくらいに」

「お母さんたら……！」

「想定外だったのは、上三人が思った以上にあんたに夢中になったことね」

「！」

確かに上三人はそれなりにくせが強く、お世辞にも仲良し兄弟とは言い難い。しかしなぜかハルを可愛がることだけに関しては躊躇がなかった。

瑞穂は右手を伸ばし、そっとハルの頬に触れる。

「まあ、それはハルが芙弓たちに素直に懐《なつ》いていたのもあったんでしょうけど。ねえ、ハル。あんたはあんたが思っている以上に私たちを幸せにしてくれたの。だから後悔なんて微塵もしなかった」

「あんたは？」

「え？」

瑞穂の中には、揺らがない何かがあったのだ。だから我が子として育てられた。

「壱弥さんとの子供を産むのが不安？」

問われて口ごもった。身ごもったのが分かった時点で壱弥が日本にいればまた違ったのだろうけど。

「よく……分からない」

「そう。まあ、初めてだしね」

「お母さんは？　ふーちゃんがお腹に出来た時、どうだった？」

「もう忘れたわよ。三十年も前のことなんか」

「うそだー！　どんなことだって覚えてて小説のネタにするくせに！」

ハルの返しに瑞穂はケタケタと笑った。

「壱弥さんが帰国したらゆっくり話すのね。それしかないから」

「うん……」

ハルは素直に頷く。壱弥の帰国が迫っていた。

第七章　初めての×××

　壱弥の帰国時間はお昼過ぎで、ハルはまだ仕事中だったので、迎えに行きたい気持ちを抑え込んだが気持ちはどこかふわふわしていた。

「ハルせんせー、おかしー」

「え？　なんで？　どこが？」

「かお！」

　なんでどこかがやねん！　と突っ込みたくなるが、ついついにやけているのかもしれないと気を引き締める。こんな日に限って遅番なのが恨めしい。

　一通りの園児がお迎えと共に帰宅し、残るは年中の男児一人だった。

「あっくんのお父さん、今日は間に合うかしらね」

　既に閉園時間近く、補助の先生と二人で子供と遊んでいたハルは、教室の時計を見上げた。

　ハルの勤める保育園は十九時までだ。既にその五分前。原則として十九時ちょうどには教室を出てもらうので、もう来てもおかしくない時間だが、まだその気配はない。お迎え待ちの五歳児は大好きなブロックに夢中になっていた。作っているのが城なのか怪獣なのかはまだ判別が付かない。訊いても「ないしょー」と教えてくれなかった。

男児を補助保育士に任せてハルは各教室の戸締まりを確かめ、事務所の日誌に記入する。その子の母親が家出中らしいと聞いたのはもう三日前のことだ。

「え？　なんで？」

思わず聞き返してしまったハルに、担任保育士は思いっきり眉を八の字にした。

「それがね、どうやらパパさん、浮気しちゃったらしくて」

「ええ⁉」

たまに送迎で会う程度だったが。確かにモテそうな、爽やかなイケメンだった。子供とも仲が良くていい人そうだったのに。

「本人曰く、たまたまの出来心だったらしいけど、必死で仕事しながら家事育児こなしている奥さんからしたら、そりゃあ怒髪天《どはってん》を突くわよねえ」

ちなみにこの場合の情報元である『本人』とは園児であるあっくんである。「パパがうわきしたからママが出てったの。うわきってなあに？」と質問されて、担任はかなり焦ったらしい。幼児の口に戸は立てられない。ダメ、絶対。

父親からは「ちょっと今、妻が不在で」と事実を濁した報告しかないから、当然園側としても知らないふりをするしかない。

しかし確実に生活の乱れは見て取れた。荷物の中に必須の連絡帳や着替えなどあったりなかったりで、入ってても未記入欄《みきにゅうらん》が目立つ。夜寝るのが遅いのか朝は眠そうにしているし、朝食も摂らずに登園している気配があった。その分、給食を食べて昼寝をすると元気いっぱいになる。これが続くようなら父親から事情を聞いて然るべく手を打たねばならないかも知れないが、当の父親が朝も夜も駆け込みで話す暇がない。昼間携帯にかけてもほぼ通じなかった。

「あっくん、大丈夫ですかね」

「うん。もう数日様子を見て問題があるようなら、園長先生からお母さんの携帯にかけてみるって」

そんなわけで、ようやく父親が迎えに来たのは十九時を十五分も過ぎた頃だった。一応園での子供の様子を伝えたりするが、父親は疲れているらしく聞いているかどうかも分からない。子供が心配なハルは、念のため正門前の駐車場まで見送りに出た。

案の定、子供を車に乗せてもチャイルドシートに固定する様子がない。あっくんはそれで慣れているらしく父親の隣に座って携帯ゲームをしていた。

「あの、お疲れのようですが大丈夫ですか？」

園児が心配になって、つい声をかけてしまった。

「……ああ、ありがとうございます。慣れない育児でもうボロボロですよ」

本当に疲れているらしく、父親は情けない笑顔を見せた。いや、心配しているのは子供の方であなたではないのですが、とは言えない。ハルはにっこり笑ってその場をごまかす。しかし父親は更にそれを自分の都合のいいように解釈したらしい。まるで立て板に水のように喋《しゃべ》り始めた。

「あいつもハル先生みたいに優しい人なら良かったのに、あつきを産んでから、いつも怒ってばかりで。それでもなるべく優しく声をかけたりしてたんですがね」

声をかけただけ？

思わず胸の内で突っ込む。

確かに母親はきつそうな印象はあった。しかしたまに言葉を交わすと「うちのパパ、外面はいいのに家のこと何もしてくれないんだもの」と愚痴を聞いたこともあるので、一概に口は出せない。とにかく心配なのは子供の事だ。

「あの、……あっくんになにか心配なことがあればいつでも話してくださいね」

あくまで子供を気遣って言ったのに、どう捉えたのか父親はひたとハルに視線を向けた。

「ありがとうございます！　ハル先生、僕は……」

車の運転席から手を伸ばしてきたので思わず後じさる。

（ええ⁉）

主語を子供にしたはずなのに、優しい言葉に飢えていたのか、父親は熱い視線を投げかけてきた。

「ハル？」

その時、暗がりから声がした。

「え？　壱弥さん⁉」

突然現れた長身の男に、園児の父親は怪訝な目を向ける。

「ハル先生、そちらは……？」

「あ、あの。夫です」

「え？」

父兄には書面と口頭で伝えたはずなのだが、妻から聞いていなかったのだろうか。なぜか父親の視線が冷めた物になる。

「……そうですか」

園児の父はそのままウインドウを上げると車を発進させて行ってしまった。車内から園児が手を振るのに向けて、ハルも笑顔で手を振った。壱弥の険しい目が遠ざかる車を見送る。

「な、なんでここに？」

「なんでって、遅いから迎えにと思って」

「うわ、嬉しい！　あの、ちょっと待っててね。あと少しで終わるから！」

数週間ぶりの実物の壱弥だった。一気にテンションが上がる。ハルは同僚と共にやるべき全てを終わらせると、壱弥に待っててくれるように伝え職員用の駐車場に急いだ。

「お帰りなさい！」

車に乗り込んだ途端、開口一番にそう言ったハルに、壱弥は苦笑を浮かべる。

「うん、ただいま」

相変わらず壱弥は格好良かった。見てるだけで嬉しい。不在の間起こった諸々《もろもろ》を、ハルは束《つか》の間《ま》忘れた。大きな手がエンジンをかけ、ギアを操作する。その手つきだけでうっとりする。

「さっきの車乗ってた男……」

「ん？」

ハンドルを握りながら言いかけた壱弥に、ハルは彼の顔を覗き込む。

「園児の父親？」

「うん。ちょっと今込み入ってる人でねー」

園児の家庭の事を迂闊《うかつ》に話すのは職業倫理的に躊躇われたので言葉を濁す。

「ハルに……触ろうとしてた」

「え？」

「窓から手を伸ばしてたろ」

「あ、でもそれは」

疚《やま》しいことは何もない。少なくともハルにはない。

「気のせいだよ。元々フレンドリーな人だから」

そもそもあの場には子供もいたのだから、何かするわけがない。

「そんな感じじゃなかった。俺が出て行かなきゃ手を握るくらいしてそうだったし」

「え――……」

壱弥の言っている意味が良く分からない。普段からノーメイクで地味系のハルに、そんなよこしまな気持ちを持つ人がいるわけがない。

「もちろんハルにその気がなかったのはわかるけど……一応、気をつけて」

「う、うん……」

久しぶりに会えて嬉しいはずなのに、ハルの心が萎《しぼ》んでいく。壱弥が何を言いたいのかさっぱり分からなかった。もしかしてやきもち？　まさかね。

「あの……帰ったら、大事な話があるの」

伝えるのが怖くて、小さな声になった。

「子供、できた？」

「な、なんで……！」

「最近の、通話中のハルの様子が変だったたし」

なるほど、勘のいい壱弥なら思いつくか。

「壱弥さん……嬉しい？」

隠している事への後ろめたさに不安が滲んでおずおずと訊ねる。壱弥は一瞬戸惑う顔になったが「当たり前だろ」と微笑んで見せた。

しかし伝えなきゃいけないのはそれだけじゃなかった。

「あの……あのね？　それで……」

それっきり黙り込んでしまったハルに、壱弥は苦笑して見せた。

「今はハルに会えたのが一番嬉しい。だからそのことは家に帰ってからゆっくり話そう」

優しく言われて一時的に安堵する。確かに車の中でする話ではないかもしれない。ハルは小さくこくんと頷いた。

◇

「三ヶ月……」

夕食を外で済ませ、リビングに落ち着いて話し始める。妊娠の報告は壱弥に軽い緊張をもたらしているようだ。

「それで……」

「じゃあ、余計あの手のやつには気をつけなきゃ」

「え？」

一瞬、壱弥が何を言っているのか分からなかった。そんなハルを見て、壱弥は軽い溜息を吐く。

「ハル。自覚がないようだから言っておくけど、君はここ数ヶ月でどんどん綺麗になってる」

「ええ⁉」

何を言ってるのこの人！

「まあ夫的な欲目が皆無とは言わないが……それでも客観的に見て……こう、内面の輝きが滲み出ているというか……色っぽくなったと言うか……」

「嘘、そんな……」

とは言え思い当たる節がないわけではない。保育園の同僚達にも似たようなことは言われていたし、肌の艶もいい気はしていた。しかしそれを肯定するのも自信過剰な気がして、気のせいだと思おうとしていた。

美形家族に囲まれ、基本地味系で生きてきたハルにとって「綺麗」とか「美人」と言われて肯定するのは難しい。ただのサービストークだと思う方が楽だった。

しかしだからと言って気をつけろと言われてもどうして良いか分からない。今までの人生に不要なスキルだったからだ。

「あっくんのパパのことは……これ以上責められても困ります」

「責めてるんじゃない。気をつけてって言ってるだけで」

なんなんだ、この不毛な会話は。久しぶりに会ったというのに、ハルの胸の中にモヤモヤしたものが生まれる。こんな話をしたいんじゃない。

只でさえ不安定な精神状態が続いていたハルは、珍しく怒りモードにスイッチしていた。

「園児の保護者なんですから粗雑には扱えません！　それは……壱弥さんに口を出されることではないと思う」

「ハル……！」

ようやくハルの変調に気付き、壱弥はハッとした顔になった。

「それより壱弥さんに話したいことがあって」

いつにないハルの迫力に、壱弥はぐっと息を呑んだ。

「なに？」

ハルは改めて真っ直ぐ彼に向き合う。

言わなきゃ。ちゃんと言わなきゃ。

「――生まれてくる子が、小鳥遊の血を引いてなくても構わない？」

「え？　それはどういう……」

思いもしなかったハルの告白に、壱弥は認識が追いつかず表情を曇らせた。

「あのね、私も養子なんだって。母の友人が亡くなって、生まれたばかりの子供をそのまま引き取ったって……」

「え……」

驚きの余り、壱弥は声も出ない様子だった。

「だからこの子は小鳥遊の血を一切引いていません。それでも……いいですか？」

お願い。当たり前だろって言って。二人の子供であればそれ以上何も必要ないってそう言って。

「壱弥さん――」

壱弥の顔は険しい。

「ハルはそのことをずっと知っていたの？」

「ううん。最近たまたま両親が話してるのを耳にしちゃって」

「じゃあ、なんですぐ教えてくれなかったんだ？　あんなに毎日電話でも話していたのに」

「それは——。できればこうやって直接伝えたかったから」

言いながら、ハルの心は失望に傾き始めていた。『そんなこと関係ない。気にすることないよ』と優しく笑って言ってくれるかと、心のどこかで密かに期待していたのだ。しかし壱弥の表情は何かに傷付いたように硬いままだった。

（やっぱダメなんだ）

「——わかった」

「ハル？」

ハルはリビングから出て行こうとする。

「ハル！」

慌てて壱弥が呼び止める。

「ごめんなさい。帰国したばかりで疲れているのに。でも私も少しつわりでだるいみたいです。今日はもう休みましょう」

ハルの静かな声に、壱弥は何か言おうとするが言葉が出てこない。その姿が先刻の園児の父親と重なった。困って、途方に暮れて助けを求める顔だ。

そんな壱弥から顔を逸らし、寝室のベッドに入る。

本当ならもっと嬉しい夜になるはずだったのに。ずっと会いたくて、やっと壱弥と一緒にいられるのに。

キングサイズのベッドの端に横になる。二人並んでも充分余裕のあるベッドが、今だけは悲しかった。

◇

壱弥は混乱していた。ハルに言うべき言葉が見つからない。

端《はた》から見ていても、小鳥遊の家は仲が良さそうだった。――否、ハルがよほど可愛がられていたと言うべきか。もちろん家庭内ではそれなりに色々あるのかもしれないが、ぱっと見は普通の家庭。だからよもやハル自身が実子でない可能性なんて、これっぽっちも考えたことがなかった。

元より壱弥は普通の家庭に縁がない。祖母とは短い同居生活だったし、九条の両親に引き取られた時は既に中学生になっていたので、無邪気に親を求められる年頃ではなかった。

今でも彼らに感謝はしているが、親というより恩人といった感覚に近い。

だからハルが受けたであろうショックが測れなかった。

慰めるべきだったのだろうか。けれどどんな言葉で？　いわゆる普通の家族を知らない壱弥の言葉は、ハルにとって嘘っぽくならないだろうか。

そして少し怒っていた。ハルがすぐに知らせてくれなかったことに。ショックだっただろうに、慰めを求めてくれなかった。確かに遠く離れていたら言い難いのも分かるが、言葉だけでも甘えて縋ってほしかった。そうしてくれなかった事実がもどかしく、そんなハルに腹を立てる自分の狭量さも壱弥を苛立たせる。結果、様々な思いが壱弥の言葉を詰まらせた。

（いや、今はとにかく自分よりハルのことだ。どうすれば……）

只でさえ体が変化しているのに、大丈夫だろうか。心配と不安が限りなく募る。

情けない。今さらこんなことで思い悩むなんて。自分はもうとっくに大人なのに。大事な人を守れるだけのスペックを手に入れたと思っていたのに。

忸怩《じくじ》たる思いが募り、同じベッドに入っても、ハルに触れることさえ出来ない。自分に背を向けて横になっているハルが、拒絶を示しているように見えて、壱弥は結局ベッドを抜け出し、リビングのソファに身を沈ませて考え込んだ。

そうして三日後の早朝、ハルの姿がマンションから消えた。

『しばらく一人で考えさせて』

それだけの置き手紙を残して。

◇

置き手紙を見つけた途端、壱弥が最初に連絡したのはハルの実家と勤め先だ。残念ながら彼女の個人的な交友関係には詳しくない。

勤め先には二日間の有給申請が出されていた。やはりつわりがきついと言って。週末と繋げて三日の休みが確保されている。つまりその間のハルの足跡は不明だと言うことだ。

ハルの実家である小鳥遊家では母親の瑞穂が、慌てふためいた壱弥を出迎えた。ざっと説明はしてあったので、瑞穂は夫や他の姉兄にもハルから音沙汰がなかったか確かめておいてくれた。結果はノーだ。家族には一切何も言わず消えたらしい。それでは一体どこへ？　しかも携帯電話はマンションに置きっぱなしである。壱弥の狼狽は益々激しくなった。

彼女はどこへ行ったんだろう。今は普通の状態じゃないというのに。そんなに壱弥の顔さえ見たくないほど怒りが大きかったのだろうか。

確かにあの日は二人とも少しおかしかった。あの男のせいだ。園児の父親だという少しチャラそうな男。壱弥から見たら、彼がハルに近付こうとしているのは見え見えだった。それなのにあまりに無防備なハルが少し苛立たしかった。勿論夫としての嫉妬が含まれていなかったとは言えない。

少しは。……いや、かなりだろうか。

壱弥はそこまで考えて頭を抱える。久しぶりに会えた最愛の妻が、男に言い寄られそうになっていたと言うだけで感情的になるなんて。これでは独占欲が強い子供そのものじゃないか。

一人で苦悩の表情を続ける壱弥に、瑞穂はさすがに「あの子だって子供じゃないんだし夜には帰ってくるでしょ」と慰めにならない言葉をかける。

とは言え妊娠初期という時期に自分の出生の秘密を知ってしまったのはタイミングが悪かった。精神的にも肉体的にも不安定なことこの上ない。

「まさか、変な考えを起こしたりとか……」

思わず呟いた壱弥に、「それはないでしょ」と瑞穂が冷静な声を出す。壱弥は瑞穂の言葉の根拠が知りたくて彼女をじっと見つめた。しかし瑞穂はふと肩の力が抜けたように笑う。

「ずいぶん仲良くなったのねえ。安心したわ」

「は？」

そんな話をしていただろうか。話の流れが全然見えない。

「だって……あの自己主張が少なくて温和なハルが、あなたに怒りをぶつけたんでしょ？　しかも心配すると分かっていて行き先も言わず家まで出るなんて……あなたに八つ当たりして甘えてるんだわ」

「！」

甘えている？　確かにハルはおっとりと幼い風貌ながら、あまり自分に甘えてくる感じはなかった。むしろ過去を告白してから壱弥の方が甘えていた気がする。

そのことに気付き、愕然《がくぜん》として頬が熱くなる。俺は一方的にハルに甘えてた？

そんな壱弥の狼狽を読み取ったのか、瑞穂は口の端を上げた。

「夫婦なんだからね、少しずつ関係が深まるのは悪いことじゃないわ。互いに影響し合って変化するのもね。それに……」

瑞穂は笑いを噛《か》み殺《ころ》した声で言った。

「頑固さとしぶとさに欠けては定評があるのよ、ウチの末っ子は」

◇

ハルの行方が分かったのは意外なところからだった。

「お母さん！　ハルがここにいるって……！」

すごい勢いで駆け込んだ息子の顔を見て、九条聡子《さとこ》はおっとりと微笑んだ。

「久しぶりねえ。結婚してから一度も顔を見せないんだもの」

「すみません！　でもハルは……！」

ハルが書き置きを残して雲隠れした先は、なんと壱弥の実家、九条家だった。

もっとも最初から計画的に、というわけではなく、街で偶然出会った聡子がハルの様子がおかしいのに気付き、家に誘ったらしい。

「初めは遠慮してたけど、壱弥のアルバムがあるわよって言ったら食いついてきてねえ」

聡子はおかしそうにコロコロ笑う。しかし彼女の言葉の後半を、壱弥は既に聞いていなかった。壱弥は一段飛ばしで階段を駆け上がると、自分にあてがわれていた部屋に飛び込む。そこにはハルが、壱弥が使っていたベッドでくうくう寝ていた。周りには中学以降のアルバムが開かれたまま置いてある。どうやら急に眠くなったらしい。ハルの妊娠を知ってから調べた妊婦の初期症状に書いてあった。

「……あれ？　壱弥さんだぁ。お仕事は？」

寝起きでぼんやりしているハルの無邪気な言葉に、壱弥は大きく肩で息を吐く。そして身を起こしかけるハルの小さな体を力一杯抱き締めた。

「良かった……何事もなくて……」

「え？　壱弥さん？　え？」

急に抱き締められてハルは慌てふためいている。

「あの、夜には帰るつもりだったんですよ？　でもどこに行こうとかは決めてなくて……」

「ああ。でも心配した。仕事は休んだ。スマホ、マンションに置いてったろ」

「……ごめんなさい。元々そういうの持ち歩かなくて平気な方で」

スマホがあればＧＰＳ機能で居場所が簡単に分かってしまうだろう。それも少し億劫《おっくう》だった。

ハルは少し意固地になっていた。

「壱弥さんとちゃんと話をしなきゃいけないとは分かっていたんだけど……なんて言って良いのか分からなくて……」

「うん。俺もごめん。ハルなら言えないことも分かってくれている気がして、ちゃんと自分の気持ちを伝えられなかった」

「うん」

小さな手が壱弥の背中に伸びて抱き返されるのを感じる。それだけで、壱弥の胸は安堵に満たされていたのだった。

◇

改めてベッドの上に腰掛け、勉強机の椅子に座った壱弥と向かい合う。ハルは壱弥の顔を見てやはり好きだなと自分の想いを再認識していた。

「今後の事について、ですけど」

「ハル？」

「つまり……私たちの契約結婚生活継続の有無について」

ハルがそう切り出した途端、壱弥の顔が激しく曇る。

「確かにそれについてはちゃんと話してなかったな」

壱弥は険しい表情になって、片肘を突き、右手の甲に尖った顎を乗せた。

ハルもすっかり忘れていた。途中から必要ないと思っていたからだ。互いに思いが通じ、当然このまま一緒にいられるのだと思っていた。

「この間伝えた通り、私に小鳥遊の血は一切入っていません。だからもし壱弥さんがあくまで小鳥遊の遺伝子にこだわるのであれば――」

「そんなわけないだろう！」

突然激高した壱弥に、ハルは体を震わせる。壱弥はハッと肩を強ばらせた。

「ごめん！　大きな声を出すつもりじゃなかったんだ」

「……いえ」

組んだ手に額を乗せ、壱弥はしばらく俯いたまま考えこむ姿になる。

「ハルは……？　そう思ってた？」

「え？」

「俺がハル自身じゃなく、あくまで小鳥遊の血を欲しがってると思ってたのか？」

問われて今度はハルが黙り込む。

「……わかりません。だって元々小鳥遊の血が欲しいから結婚したいと言われてたし、途中からちゃんと愛されてると思っていたけど……自分が小鳥遊の子じゃないと知ってから、なんか……色々自信がなくて」

信じていた土台が崩された。いや、実際は崩れてはいないのかもしれないが、やはり動揺する部分はあった。

「私は……自分で思っていた以上に弱かったみたいで。小鳥遊の家族からも壱弥さんからも、愛されてるし大事にされているって痛いほど分かってるんだけど、自分にそんな価値があるのか、自信が持てなくなっちゃったみたい」

情けない。そう思うが本音だった。今まで生きてきた二十三年が、たかだか血縁という要素だけで不安定になるなんて。

「俺のことも、信じられない……？」

「そうじゃ、ないけど……でも……」

「でも？　なに？」

　ここ数日考えていたことを、実際に口に出すには勇気が必要だった。言ってもいいのか、ギリギリまで迷う。これは壱弥の人格を著しく損なう発言かもしれない。けれどどうしても確かめられずにはいられなかった。

「壱弥さんが……私に求めていたのが、小さい頃に得られなかった母性とかそういうものじゃないって言い切れるのかなって」

　壱弥の目がめいいっぱい見開かれる。そこには動揺と苦痛があった。

「私は……私にできることなら何でもしてあげたいって思ってた。今でもそれは変わらないと思う。でも……」

「でも？」

　ハルは自分の下腹部に両手を重ねて置いた。

「もし、あなたが私の愛情をこの子と取り合うような事があれば、私はこの子を優先しなきゃいけない」

酷いことを言っているな、と心の奥で思う。こんなの壱弥に対する冒瀆《ぼうとく》かもしれない。そもそも自分は子供が生まれたら離婚してもいいとまで言っていたのではなかったか。どれだけ壱弥が子供を大事に育ててくれると約束してくれたとしても、それこそ我が子を捨てられると明言する酷い母親ではないか。

けれど子供は何があっても庇護されねばならない。なぜなら世界で一番もろくか弱い生き物だからだ。

ハルの中で様々な感情がせめぎ合う。こんなに早く子供を作ったのは早計だったのかもしれない。もっと互いの信頼関係を築いてから作るべきだったのかも。

しかし既にお腹の中にいる我が子を、なかったことにはできない。

壱弥はずっと俯いていたが、やがて大きな息を吐く。

そして何かを決意した表情で顔を上げた。

「少し時間をくれないか」

「え？」

「頼む」

真剣な表情にたじろぐ。ハルは素直に頷くしかできなかった。

第八章　木漏れ日の下で

翌々日の日曜日、壱弥に促されて彼の車に乗り込む。どこへ行くとは言われなかった。「但し気分が悪くなったらすぐに言って」告げられたのはそれだけだ。

車は高速を快走し、名も知らぬ隣県の出口で降りると、やがて鄙《ひな》びた町を抜けていく。その後、街中を抜けて辿り着いたのは霊園だった。入り口近くの催事場の左手奥に、緩やかな傾斜がついた墓地が広がっている。

「壱弥さん、ここは……」

それに答えず、壱弥は方向を確かめると、ハルの手を取って歩き始めた。

「危ないからゆっくり行こう」

思っていた以上に敷地は広いようだ。石畳が敷かれた陽の当たる斜面を登り切ると、丘の上にぽつぽつと樹が立っている。大きな樹もあれば、まだ植えて何年かのような若木もいた。よくよく見るとそれぞれの木の前の地面には小さなプレートが埋められていた。表面に彫られているのは人の名前のようだった。

不思議な静寂に包まれた場所だった。その丘陵地には樹だけでなく丁寧に整えられた花壇もあり、季節の花が風にそよいでいる。

やがて壱弥は一本の樹の前で足を止める。そうしてやはり木の前に埋め込まれていたプレートに、途中で買った花束を置いた。

『有瀬《ありせ》ナオ』

プレートにあるのは知らない名前だった。男か女かも分からない。

「壱弥さん、ここは……」

「樹木葬《じゆもくそう》、と言うらしい。昨日、小鳥遊のお母さんから教えてもらったんだ。管理費や維持費が不要で、承継者がいなくてもいいから、身寄りのない人でも入りやすいらしい」

「あの」

「ハル、君を産んだ人がこの樹の下で眠ってる」

「……！」

思いもしなかった事を言われ、ハルは固まった。ハルは瑞穂から、彼女の名前さえ聞いていなかった。聞くのが怖かったのだ。

壱弥は木の前にしゃがむと、両手の平を合わせて目を閉じる。ハルはそれすら出来なかった。

彼女はハルが小鳥遊家と無縁であることを証明する存在だった。

しばらくその樹に向かって合掌した後、壱弥は立ち上がってハルを振り返る。

「ずっと……考えていたんだ。俺の場合はもうとっくに大きくなっていたから養子の意味も理解していたけど、あんなに家族中に愛されていたハルがその事実を受け止めるのは辛いだろうなって」

ハルは答えられない。平気なつもりだった。平気だと思っていた。血の繋がりなんてなくても、家族として一緒に過ごした時間は変わらないのだから。姉の芙弓にも母の瑞穂にもそう言った。自分にも何度もそう言い聞かせていた。

だけど――。

「俺は……そんな幼少時代を過ごしていないから、どこか引け目というか、ハルに対するフォローが間違ってたらどうしようって、それが一番怖かった。だから何も言えなかった」

風が吹いて木々の枝を揺らす。明るい緑色を陽が照らしていた。

「でも、それじゃあダメだよな。少なくともこれからも夫婦でいようと思うなら、自分なりのアプローチをしなきゃ、ハルと繋がっていけない。だから瑞穂さんにこの場所と、彼女のことを聞いたんだ」

『有瀬ナオ』

ハルを産んだ時はまだ十代だったと聞いた。早々に両親を亡くし、彼女もまた若くしてこの世を去った。

「ハル、君を命がけで産んでくれた人だよ」

壱弥の声は静かで温かった。どんな感情をも押しつけることなく、淡々と告げられた言葉はすんなりとハルの心に刺さり、胸の一番奥にあった痛みの塊を呼び起こした。痛みはゆっくりと膨らみ、やがて喉元にこみ上げる。

「う、」

飲み下そうとしたが無駄だった。熱い塊は更に上昇し、涙腺から一気に溢れ出る。やだ、泣きたくない。

「ん、く、……」

そんなハルを見て、壱弥はそっと彼女を抱いた。

「いいんだ、泣いても」

壱弥の言葉がハルの最後の堰《せき》を決壊させる。

「う、わ――――っ」

ぽろぽろと零れた滴が、今度は激しい奔流となって流れ落ちる。ハルは無意識に拳を握りしめ、棒立ちになったまま号泣していた。

何が悲しいのか分からない。自分が小鳥遊の実の子でなかったことが？　それとも自分を産んだ彼女の不遇さを嘆いているのだろうか。

分からないままハルは幼い子供のような泣き声を上げて、体中の水分を絞り尽くすように泣き続けた。そんなハルを、壱弥は黙って抱き締めていた。

◇

ハルがようやく泣《な》き止《や》んだのは十分くらい経った後だろうか。人はどんなに泣きたくても泣き続けられないものなんだな、と変に感心する。

「え、ぐ、う、ぐ」

「ほら」

目を真っ赤にして泣きはらしたハルに、壱弥は上着のポケットからハンカチを出して渡してくれる。既に抱きついていた彼のシャツの胸元はびしょびしょだった。やばい。鼻水もついたかも。

「ご、ごべんなざい……シャツ……っく」

「ああ、いいよ。これくらいなんともない」

そう言って今度はティッシュを渡されたので、ハルは思う存分鼻をかんだ。

自分の素性を知ってからずっと胸に抱え込んできたものが、涙で一気に流れ出たらしく、頭が妙にすっきりしている。

「どうして……」

「ん？」

「どうして、ここに連れてきてくれたんですか？」

だから一番気になっていたことを訊いてみた。どんな思考でそう思いついたのかを知りたかった。

「ん――、どんなことでもさ、事実と直接向き合うのが一番てっとり早いかな、と思って」

「壱弥さんらしいね」

クスリと笑ってハルは言った。逃げてもいい。そういうのに、壱弥は決して逃げないのだ。

「俺は……九条の養子になる前、一年くらいメンタルケアに通ってたよ」

「え？」

初耳である。

「九条の父に言われてね。自覚はなかったけど、育ちのせいで相当目付きとか悪かったし……人とも上手く喋れてなかった。何より誰のことも信用していなかったから人間関係を作る術を知らなかった。九条の両親も含めてね」

　意外な事実だった。九条の両親と壱弥は少なくとも表面上は仲良く見える。知らない人が見たら本当の親子のように。

「その時世話になった先生がいい人で……少しずつ九条の両親に心を開くことを覚えた。初めはかなりぎこちなかったけどね」

「そうなんだ……」

　簡単に九条の養子になったわけではない。壱弥なりに変わる努力をしたと言うことなのだろう。

「ハルが言ってた心配も分かる。確かに俺は……無条件に庇護してくれる存在としてハルに惹かれていた部分もあるのかもしれない」

「あ……」

「でも……」

　壱弥は再び墓標となる樹を見上げた。ハルはその時初めて、その樹が桜だと言うことに気付く。花が咲いていないと意外と気付かない。

（春、花が満開になったら綺麗なんだろうな）

　ハルは二十二年間この木が花咲かせた春を思い、浄化されるような不思議な気分を味わった。

まるで蕾を綻ばせる度にハルの誕生日を祝ってくれていたような。

ただの感傷なのだと思う。しかしその想像はハルの中にあった頑《かたく》ななわだかまりを綺麗に溶かしていった。

「有瀬ナオさん。あなたがこの世に生み出した命は、小鳥遊さんの家で大事に慈しまれ、今、俺を幸福にしてくれています。どうか……俺にもハルを幸せにできる力をください。彼女との――新しい命ごと」

その言葉を聞いた途端、目頭がまた熱くなる。もうこれ以上涙が出ないと思うほど泣いたのに。どこからこんなに溢れてくるんだろう。

「ご、ごめんなさい。壱弥さん、ごめ、ありがとう……」

そのまま壱弥に抱きつく。

壱弥は驚いたように一歩後じさったが、泣きじゃくるハルをもう一度、いとおしげにゆっくりと抱き締めた。

◇

どれくらいそうしていたのか、ハルはやがて身を離すと、意を決して壱弥の顔を覗き込む。

「あのね、最後にもうひとつだけ、壱弥さんに言いそびれてたことがあるの」

「え？」

まだ何かあるのかと壱弥は身構える。ハルは焦った。

「あの、それは全然たいしたことじゃないんだけどっ」

しかしどんな些細《ささい》な事でももう隠し事はしたくなかった。

「婚活パーティの時、幼なじみで好きな人がいるって言ったでしょう？　あれは嘘です。本当は……バーベキュー会場で初めて会った時からずっと壱弥さんが好きだった。ちゃんと最初から言えば良かった。ごめんなさい」

「え……」

今更、と思われるかも知れない。つまらない見栄《みえ》だと呆れられるかも。それでもちゃんと伝えなきゃいけない気がしたのだ。

「壱弥さんにとっては……こっちはまだ小学生《こども》だったし、相手にしてもらえるはずがないって思ってた。あと父親同士で付き合いがあってもうちは庶民だったし。でも『遺伝子が欲しい』って言われて、理由は何であれ壱弥さんのお嫁さんになれるならって嬉しくなっちゃって……けど、本当のことを言ったら重すぎて引かれるんじゃないかってずっと言えなかったの。ごめんなさい」

ハルは深く頭を下げる。しかし壱弥は驚きに目を瞠《みは》ると、まるで信じられないものを見るような目でハルを見た。

「ハルが……？　初めて会った時から俺のことを……？」

「最初は壱弥さんが誰かなんて知らなかったしもちろん過去も知らなかったけど、迷子の子供に困ってたのに肩車してあげて優しいな、とか、笑った顔が素敵だな、とか。そう思い始めたらなんかもう目が離せなくなって……。あの後もずっと会いたくて夢に見てた」

言葉にするとやはり恥ずかしい。頬が熱くなるのが自分でも分かる。

「お父さんにもまたパーティに連れてってくれないかとか、壱弥さんのこと色々聞いたりとか……ナツ兄たちにも散々笑われたり呆れられたりしたけど、気持ち、止まらなかった」

そっと壱弥を伺うと、彼は目を丸くしてハルを見ている。

「それでもそうそう会えなかったから、やっぱりこれは恋じゃなくて憧れとかそういうのかなとも思ったんだよ？　諦めなきゃダメだって、何度も……。でも再会する度に嬉しくて『やっぱ好き』って……」

言葉の途中で抱き締められていた。

「ハル、ハル……っ」

胸が焦がされるような声が頭の上から聞こえる。ハルは彼の背中をぎゅっと抱き締めた。

「ずっと、ずっとあなたが好きでした。でも今は……もっと好き」

抱き締められた頭の上から、切なげな声が届く。

「俺も……ずっとハルが好きだった」

「本当に？」

ハルは目を丸くする。

「もちろん最初は恋愛感情とかじゃなかったけど……初めて会った時からずっと特別な存在だったんだ」

驚きのあまり、それ以上何も言えなかった。

「でも、それこそこんな小さい子相手に、おかしいんじゃないかと思われるのが怖くて、何も言えなかった。ハル、ひかない？」

ふるふるふるふると首を横に振る。壱弥は安心した子供のようにくしゃりと笑った。

その顔が愛しくて、踵をめいっぱい上げてキスをする。壱弥もそれに応えると、もう一度ハルを強く抱き締めた。

桜の葉の間から漏れる木漏れ日が、二人を祝福するようにキラキラと降り注いでいた。

◇

帰りにハルの実家に寄る。心配させてしまったので元気な顔を見せたかった。

あんなに自信ありげにしていた瑞穂だが、それでもハルが顔を見せると安堵の表情になる。目尻が少し滲んで赤い。

ハルの妊娠と、ハル自身が養子である事実は小鳥遊家でも解禁されたらしい。もっとも義昭は気付いていたようだし、千奈津はしばらく難しい顔で考え込んでいたが「でも今まで通りでいいんだろ?」の一言で終わった。千奈津は難しいことを考えるのが向いていない。

別の日に九条の実家も訪ねて、同じ事を報告した。

懐妊《かいにん》に関しては小鳥遊家同様喜んでくれたが、ハルが小鳥遊の実子でない事を話すと、九条夫妻は互いの顔を見合わせて複雑な表情になった。

それでも黙っておくわけにはいかなかった。九条はかなり大きい企業だ。恥じるような過去だとは思わないが、何が醜聞《しゅうぶん》に繋がるかも分からないし、外から彼らの耳に入るくらいなら初めから自分の口で言っておきたい。

しかし孝臣はハルの不安を拭うように慌てて優しい笑顔で言った。

「大丈夫。それはちゃんと知っていたから」

「え? そうなんですか!?」

今度はハルが驚く番だった。

「これでも志貴とはハルちゃんより長い付き合いだからね。瑞穂さんに妊娠の兆候がないのに赤ん坊が増えたら、気付かないわけないだろう？」

一気に肩の力が抜ける。言われてみれば確かにそうだった。

「そもそも志貴と瑞穂さんがハルちゃんを迎えた事がきっかけで、私も養子を考えるようになったからねえ」

これは壱弥も寝耳に水だったらしく、膝に拳を置いたまま固まっている。

「それにハルちゃんは僕の恩人でもあるんだ。子供が四人になったのを機に、ずっと大学だけで研究一途だった志貴が我が社の研究顧問を引き受けてくれるようになったんだからね。それで我が社は大きく前進できた」

養育費用のためと言うことだろうか。確かに子供を育てるのはお金がかかる。母の瑞穂も働いてそれなりに稼ぎがあるとは言え、大学勤めで子供四人は確かにきついのかもしれない。

「だから、ハルちゃんが自分の出自を気にする必要は一切ない。それは壱弥も同じだ」

孝臣の言葉に、壱弥ははにかむような顔を見せた。照れているのか、頬が少し赤い。

「むしろ面白いわ。いっつも完璧な息子のふりをする壱弥の、こんな素顔が見れるなんてね」

聡子はそう言ってころころ笑った。

ハルは勤め先である保育園でも、近々産休に入る旨を公表した。子供達は無邪気に喜んでいる。

「ハルせんせー、おかーさんになるの？」

「赤ちゃん、生まれる？」

「ぼくおとこのこがいいな！」

「えー、おんなのこだもん！　ぜったいおんな！」

担任変更の為、子供達や保護者には細心の配慮をして伝えたが、概《おおむ》ね好意的な反応である。

あくまで休職扱いにしてもらい、我が子が保育園か幼稚園に入ったら仕事に復帰する予定である。子供達は気付いていないが、その頃にはいないい子も多いだろう。子供の成長は早い。特に幼少時は光速並だ。ハルは少しだけ寂しくて泣きそうになり、堪えて明るく笑った。

◇　◇

「悪かったな、今日の検診行けなくて」

少し遅い帰宅になった壱弥は、済まなさそうにネクタイを緩めながら言った。

「ううん。大事なお仕事だったんだから仕方ないよ。私は大丈夫」

五ヶ月目に入り、無事に安定期に入る。まだお腹はあまり目立たないが全体にふっくらし始め、産婦人科では順調であるお墨付きを貰えた。油断は出来ないが、まずまず順調である。

壱弥は妊娠に関しても色々調べ、ハルを気遣ってくれた。家事負担が減るようにミールキットや便利家電を購入したり、実際に自分でそれを使って勝手を調べたりしている。

育休も取れるよう手配しているらしい。「こういうのは企業のトップが率先してやらないと下が取りづらくなるからな」そう言って。心強いし有難い。

九条の義母である聡子も、たまにつくりおきのおかずなどを持って様子を見に来てくれていた。料理の味ももちろんだが、壱弥の学生時代の話を聞けるのが嬉しい。数は少ないが壱弥の学生時代の写真もあって、思わず無心してしまい、ハルの宝箱に偲《しの》ばせてある。

「結構人間らしくなってきたなあ」

ハルが渡したエコー写真を見て、壱弥は感心したように漏らした。既に手足が分かるようになってきている。

「まだ殆《ほとん》ど寝てるらしいけどね。そろそろ適度に運動した方がいいって言われた。……ん、だけど……」

続きをそう言おうか考えあぐねながら、壱弥のシャツを掴んだ。壱弥が「ん?」という顔になる。

「あのね、……先生に確認したら、その……夫婦生活は、激しくなければいいって……」

言いながら顔から火を噴きそうになる。

妊娠が分かってから、壱弥とは一度も抱き合っていなかった。正確には海外の長期出張からである。

つわりこそあまり酷くなかったものの、変なだるさはやはりあったし、壱弥も軽いキスくらいはするが求めてはこなかった。恐らくハルの体と気持ちを気遣ってくれていたのだと思う。

だけど無事安定期に入り、医者からもオーケーを貰うと、なぜか無性に壱弥が欲しくなってしまった。妊婦のくせにおかしいのではないかと思ったが、ネットで検索するとさほどおかしいことではないらしい。

とは言え壱弥がどう思うかは不安だった。やはりはしたないだろうか。

「あー……」

壱弥は躊躇いがちの声をだすと、ハルの体をぽすんと抱き、「いいのか?」と聞いてくれた。

ハルも必死に正直になる。

「赤ちゃんが生まれたらたぶん、しばらくそんな余裕なくなると思うの。でもずっとしないのも……寂しいかな、って」

性欲もあるのかもしれないが、単純に壱弥に触れたいのかもしれない。彼の大きな手で触れられ、抱き締められるのはすごく安心感が湧いた。

「じゃあ……ゆっくりしようか」

ハルが小さく頷くと、壱弥はその頭頂部に優しいキスを落とした。

◇

ベッドの上に仰向けに寝かされ、パジャマの前ボタンを全部外される。

「もしかして……胸が少し大きくなった？」

「うん」

以前していたブラジャーがきつくなってしまい、買い換えたばかりだ。授乳用も兼ねた楽なホールドタイプ。しかし寝る前なので今はしていない。

「そうか……」

心なしか壱弥は嬉しそうである。

「やっぱり大きい方が好き?」

思わず素直に聞いてしまう。

「そんなことはないけど……」

言いながら、壱弥の手はいとおしそうにハルの胸を包み込んだ。そのままやわやわと揉みしだく。

「ハル、平気?　変な感じしたらすぐに言うんだぞ?」

「うん」

優しく気遣ってくれるのは嬉しい。それに壱弥の手の平の感覚もとても気持ちよかった。

上目遣いにねだると、優しいキスが振ってくる。ちゅ、ちゅ、と彼の唇が輪郭をなぞる。ハルは物足りなくなって口を開き舌を差し出した。壱弥の舌がそれに応えて深く絡められる。

「キスして……?」

「ん、ん――」

何度も唇を交差させ、舌を絡め合った。その度にちゅくちゅくと濡れた音がする。ハルの腕が壱弥の首に巻き付く。こんな風に触れ合うのは何ヶ月ぶりだろうか。やはりとても安心する。

うっすらと目を開けると、壱弥の表情も欲情を帯びていた。少し余裕のない、ハルの大好きな顔だ。手の平を滑らせて、彼の頬を包み込む。その手に壱弥の手が重なった。ハルの手を握った壱弥の手が、下の方へと動かされる。

「！」

ハルのお腹の辺りに、熱くて固いものが当たり、それを触らされた。

「分かる？」

悩ましげな顔で訊かれる。ハルは真っ赤になって首を縦に振った。

「――握れる？」

おずおずと切り出されて、ハルは勇気を振り絞ってそれを握った。固く立った肉竿《ざお》はびくびくと波打っている。

「すごい……」

思わず感嘆の声を上げると、壱弥は困ったように笑った。

「久しぶりだからね、興奮してる」

僅《わず》かに息が荒くなっている壱弥の顔が、堪らなくセクシーだ。

「壱弥さん……」

ハルは握ったものにもう片方の手を添えて、ゆっくりと上下に動かした。

「気持ちいい？」

「ああ。でももう少し強く握ってもいい」

「こう?」

言われた通り、握る力を加えて更に動かす。壱弥のそれはますます固くなっていくようだった。

「ハルの手は気持ちいいな。柔らかくて温かい」

快感を追うように目を閉じて、壱弥は呟く。ハルは嬉しくなって上部の尖りも優しく撫でる。

浅い割れ目からはとろりと先走りの性液が漏れていた。

「俺も――」

壱弥はそう言って、ハルの太股を優しく撫《な》で回したかと思うと、その付け根に指を走らせた。

「あ……っ」

ハルのそこもとっくに蜜で溢れていた。しばらく互いの性器を弄り合う。

「あ、ダメ、あぁん……っ」

浅いところを人差し指と中指で擦られながら、親指で淫粒をくりくり弄られて、思わず甘い声が漏れる。

「うん。でもあまり深いところはしない方がいいみたいだから……」

壱弥も妊娠中のセックスについて調べてくれていたらしい。

「ん、ふ………ぁあん……っ」

快楽にむせび泣くハルに刺激されたのか、壱弥はがばりと身を起こすと、ハルの足の間に頭を沈めた。

「あ、やぁん……ひゃ、」

尖らせた舌で、ハルの蜜口を攻めてくる。そのねっとりとした感触にハルは溺れた。

「や、壱弥さん……！」

壱弥はハッとしたように体を止めた。

「ごめん、気持ち悪かった？」

「そうじゃなくて……」

ハルは幾筋も涙を垂らしながら正直に言ってしまう。

「私も、……口でしたい」

「！」

衝撃的な発言に壱弥は動揺していたが、やがて自分の体を逆にしてハルの顔の上に跨《また》がった。

ハルの口元に先ほどまで手で愛撫していた屹立があった。上下が逆さになった体勢で、壱弥はハルの陰部を舐め始める。今度は花弁に包まれている突起を舌で舐め始めた。

ハルも壱弥のものを手に取って、口にそっと頬張《ほおば》る。大きすぎて全部は入らないが、唇でしごきながら舌と手で必死に愛撫した。

しばらく互いの陰部を舐め合うぴちゃぴちゃといやらしい音が続いた。

こんないやらしい体勢ができるなんて思ってもみなかったが、彼とならどんなことも平気で出来る気がした。

「ハル、そろそろ入れても……?」

壱弥の切なげな声に、ハルは「うん」と頷く。

彼が身を起こし、ごそごそと何かしている。よく見ると避妊具を付けていた。

「付けてするの、初めて……」

ぼんやりとハルが言うと、「そうだな」と壱弥が笑う。

「でも、妊娠中はした方がいいみたいだから。ハルの体優先で」

照れたように言う壱弥が可愛くていとおしかった。

ハルの膝を立たせて大きく足を開かせると、右手を添えてぴたりと蜜口に付ける。それだけでドキドキした。

「いくよ」

低い声に頷くと、ゆっくりと彼がハルの中に入ってきた。

久々の感覚に、ハルの体中が蕩け出す。

そのまま壱弥は浅い場所を何度もゆるゆると行き来した。

「気持ちいい……」

うっとりと呟くハルに、体内にいたそれが更に大きく膨らんだ気がした。

「壱弥さん……」

「ダメだ。可愛すぎる……」

呻《うめ》くように言うと、壱弥の動きが大きくなった。前後に腰が揺すぶられる。

「あ、だめ、ふぁあん……っ」

ハルの啼き声も大きくなる。

壱弥は腰が動かしやすいように、ハルの太股を抱えて腰を浮かせた。

パンパンと陰部がぶつかり合う音が響き始める。

「ごめん、ハル、もう……っ」

「壱弥さぁん……っ」

顔を寄せてぶつかり合うようにキスをする。そのまま二人同時にイった。

息を荒げて、ハルの隣に壱弥が落ちてくる。

息が落ち着くのを待って、ハルは壱弥の体に抱きついた。壱弥の腕が深くハルを抱き込んでくる。

「ハル、ハル……」

甘い声で呼ばれて、おかしくなりそうだった。小さいハルの体を抱き締めたまま、壱弥は辛そうに呟く。

「自制心には結構自信があったんだけど……エロいハルが可愛すぎて無理だ……」

「そんな……」

「本気で子供とハルを取り合うことになったらどうしよう……」

「壱弥さんたら！」

むうっと壱弥の顔を睨《にら》み付けると、彼は弾《はじ》けるように笑い出した。

「可愛い。ハル。愛してる」

「もう、知らない！」

からかわれたのだとむくれた顔をするハルの額に、壱弥はキスを繰り返した。

くすぐったくて怒り続けていられなくなる。

「ハル、愛してる――」

それだけで気分が高揚してしまい、どうでもよくなってしまった。我ながらちょろすぎる。

「私も――。大好き」

ハルは久しぶりに夫の裸の胸を堪能しながら、その夜は二人とも裸で抱き合って眠った。

◇

数ヶ月後、生まれたのは元気な男の子だった。

命名「樹《いつき》」。母子共に健康である。

一ヶ月検診、三ヶ月検診と過ぎ、既に生を受けて半年後の息子は、かなり活発に動き出している。

「いやー、思った以上に壱弥さんの夢中っぷりがすごいね？」

姉の芙弓に言われ、ハルも複雑な表情を浮かべる。

妊娠中から、壱弥の勉強ぶりはすごかった。妊婦であるハルと、胎内の我が子のために様々な育児書や記事を読み込む。下手したら本職のハルより詳しいことも多いくらいだ。

最初の予定通り、壱弥は育休を取得した。一年も。どうしても壱弥が必要な場合は数時間出社することもあるし、リモートで会議に参加することもあるが、会社の後継者という立場でよく取れたものだと感心する。

「だって、権力があるんだから使わなきゃ損だろ？」

彼の言い分に失笑しつつ、それでも一部「男子が育休を取るなんて」という頑固系上司を持つ部署も、若い社員が育休を求めやすくなったと言うから、いいことなのだろう。

保育士のハル自身、育休に関しては並々ならぬ関心はあった。そもそも母親の家事負担が大きい現実を見ていたから、こうして社会全体で父親の育児や家事参加が普通になればいいと思う。

なんにせよ、壱弥の我が子への溺愛ぶりはすごかった。

もしかしたら、息子を愛することで、自分の幼少期を取り戻そうとしているのかもしれない。

——それにしても。

「計算外だったなあ」

ハルの呟きに、芙弓は「?」という顔をする。

「なんでもない」

そう言ってごまかしたが、よもや自分が壱弥を取り合う気分になるとは思わなかった。

息子を可愛がってくれるのは嬉しい。家事育児をしてくれるのも本当に有難い。

(でももうちょっと妻を可愛がってくれてもいいんですが)

さすがにそんなことは、我が儘すぎる気がして言えなかった。

◇

その日の夜、珍しく無事に樹が寝付いてから、二人でリビングのソファに座る。

「あー、思ってた以上に育児きつい。保育士のハルをマジ尊敬する」

珍しくぼやくのは、夕方の息子のぐずりが酷かったからだろう。

「お疲れ様。あまり代わってあげられなくてごめんね」

「いや、ハルは飯作ってくれてたし、午前中はリモート会議に出てる俺の代わりにずっと見てくれただろ？」

「うん。でも保育士だから楽ってことはないよ？　やっぱ自分の子だと違うもん。園で預かってても、私たち保育士は時間がくれば引き渡せるしね。本当に、親御さん達偉いって尊敬する」

それはこの短い期間でも痛感したことだった。乳児がいると一日二十四時間気が抜けない。授乳間隔がまだ短いのもあるし、急に高熱を出すこともある。何を考えているかさっぱり分からない赤子は、迂闊《うかつ》に気を抜けばうっかり死んでしまう危うさがあった。

そして動き出した今は別の意味で怖い。なんにでも興味を示し、気になるものを拾っては口に入れようとする。

育児書や職業である程度の前知識はあったものの、実践は聞きしに勝るナマモノだった。当然二人の間で行き違いや余裕を無くした喧嘩も起きる。その度に我が子の情報を共有し、擦り合わせる。少なくとも孤独でないことがこんなに有難いとは。つくづく壱弥がいてくれて良かったと思う。

「……まあ、これだけ大変なんだから、あいつらが俺を見捨てるのも分からなくはないかな」

一瞬何を言っているのか分からなかったが、彼の実の両親のことだと気付いた。

「それは別！　どんなに大変でも、赤ちゃんはちゃんとそばにいて守らなきゃ！」

どんなにきつくて大変でも、何も出来ない乳幼児を一人っきりにしていいわけがない。確かに育児が辛いこともあるだろうが、一時的な預け先を探すなり方法はあるはずだ。

憤然《ふんぜん》と言い切るハルに、壱弥は苦笑して「そうだな」と手にしていた珈琲《コーヒー》マグをテーブルに置いた。

「……でも」

ハルは上手く言えるかどうか分からずに言いよどむ。

「ん？」

「あの人たちを許すことで壱弥さんが楽になるならそうしても良いよ。その分、私がちゃんと許さないでいるから」

壱弥が無事に大人になれたのは、奇蹟のような偶然と本人の辛い努力があったからだ。その記憶は消えないだろう。だから少しでも楽になってほしい。そう思ってハルは言った。そんな

ハルの肩に壱弥の腕が伸びる。

「壱弥さん……？」

そのまま抱きついてくる壱弥に、ハルは目を丸くする。

「少し、このままでいていい？」

胸に染み込むような、けれど少し甘えた優しい声。

「い、いいけど！」

嬉しくなってハルも壱弥の体を抱き締めた。毎日がバタバタと戦争のようだから、こんな抱擁は久しぶりだった。温かくて気持ちいい。

「幸せになろうな」

くぐもった声で壱弥が呟く。「うん」とハルも答えた。

「今でも充分幸せだけどな」

ハルはクスクス笑いながら壱弥を抱き締める腕に力を込める。

「知ってる」

ハルは夫を抱き締めたまま、次に息子が泣き出すまでの束の間の抱擁を、うっとりと享受した。

番外編

優しい世界

次期後継者と周囲に認知されている事業部長が、なぜか総務にやってきて、隣のミーティングルームで総務部長と長々と話し込んでいたことは、ちょっとした騒ぎを巻き起こした。

元々事業部長である九条壱弥は社内でも目立つ存在だ。まずは外見が。

すらりとした高身長に整った顔立ち、長い手足、全体に漂う静謐《せいひつ》な雰囲気。彼が現れるとまず女子社員のテンションが軽く上がる。

「え？　何？　何しに来たの？　簡単な用事でしたらこちらでいくらでも承りますが」みたいな空気があちこちからだだ漏れてくる。それは彼が不意打ちで全くの射程外一般女性と結婚してからも変わらなかった。

もっとも彼の結婚が発表された時の社内の嵐《あらし》はとんでもないものだった。

てっきり取引先の社長令嬢ややり手のキャリアウーマンを相手にするのでは、と目されていたにもかかわらず、選んだ相手がちんまりした地味系女子だったからだ。

結婚式の写真をゲットした女子社員曰く、可愛らしくはあるが特別美人というわけでもない、ごくごく普通の一般女性。しかもかなり年下。

え？　次期社長、実はロリコン？　なんて噂がまことしやかに流れたのも無理はない。

中には彼に心酔するあまり、青天の霹靂《へきれき》として現れたその妻に、呪いのわら人形を仕込もうとした女子社員もいたらしいが、それは未然に防がれた。とにかく彼の幸せを願うのが正しいファンの道。

決定打は、その新妻が開発部に大きく貢献している工業大学の、教授の娘だと言うことだろうか。社に恩恵のある人物の娘なら認めざるを得ない、みたいな空気ができあがる。会社の利益は社員の利益。還元《かんげん》されているものが大きければ文句は言えない、的な。

何はともあれ、当人があまり気付いていないところで嵐を巻き起こしていたその結婚だが、意外な影響もなくはなかった。

それまで若干引き気味だった男性社員からの株が上がったのである。

仕事は出来るが人間味に欠けると影で評されていた壱弥の、雰囲気の変化がさわさわと囁かれるようになった。

曰く、「雰囲気が丸くなった」「話しかけやすくなった」「以前は完璧ロボットのようだったのに、自分と同じ人間だと思えるようになった」

壱弥は努力の人だった。そうでなければ生きていけなかった過去を、知る者はあまりいないが、その分周囲との温度差は少なからず存在していた。

「なんであそこまで?」「優秀さを認められて社長の養子になったらしいから、それでじゃない?」

当たらずと言えども遠からず。

壱弥とて環境の違いから生じたひがみやっかみの類いは経験してきたので、それなりに波風が立たぬよう立ち回ってきたつもりだが、それでも彼と周囲の差は歴然とあった。

人々の目に、壱弥は天が二物も三物も与えたように映り、どこまでも恵まれた者として一歩引かれていた。

が、彼の結婚により、その空気に変化が起こる。

周囲の目撃者曰く、「奥さんとのラインを見ていたらしい部長が、嬉しそうににやついていた」「早く帰りたそうにそわそわしていた」「最近仕事を抱えて帰りたがらないのは、どうやら奥さんと喧嘩したらしい」等々。

本来なら失望されてもおかしくない彼の珍しい言動は、逆に「人間らしい」という高評価に繋がった。

「いやー、あのひとてっきり人間の皮を被ったＡＩマシンかと思ってたけど……、本当に人間だったんだなあ」

そんな風に。

元々胸中複雑だった女子社員達も、本気で玉《たま》の輿《こし》を夢に見ていたわけではない。誰もがうらやむような完璧な相手なら諦めもついたのに、という段階を過ぎてしまえば、妻を大事にする彼の姿にやはり株は更に上がった。本命一途は女子の好物なのである。

そうした周囲の変化に気付いているのか気付いていないのか、紆余曲折の一年半を経た壱弥が、総務部長の元にやってきて行った提案は、今まで以上に社内を驚かせるものであった。

◇

「託児所《たくじしょ》、ですか？」

総務部長の荒木《あらき》は、素っ頓狂な声を上げた。

「ええ。託児所であり、保育施設です。できれば病児《びょうじ》保育も視野に入れて。それを、社内に設置することが可能でしょうか」

荒木は想像したこともなかった提案に、目を白黒させる。

そもそも九条は機器製造メーカーであり、更に遡《さかのぼ》れば町工場なのである。保育の現場とはかなり隔たりがある世界だった。

当然子供がいて働いている社員も多いから、保育所などを利用しているものは多いし、福利厚生の一環としてそれ用の補助手当も出している。

しかし会社そのもので子供を預かろうという発想はなかった。

「正直、子供が生まれるまで私自身、その必要性を考えてみたことはありませんでした。しかし生まれてみれば、育児をしながら働くことの難しさを痛感しています」

壱弥の熱弁《ねつべん》に、荒木は目を白黒させる。

荒木自身、結婚して子供もいるが、すでに高校生なのでお金はかかるが手はかからない。正直九条のお給料もそれなりに良かったので、子供が小さい頃は、ほぼ育児は専業主婦の妻任せであった。そのことについて、妻に希望を聞いた覚えもない。

自分の立場でそれくらいの余裕があるのだから、次期社長である壱弥の給料なら、奥方も働く必要はないんじゃないだろうか。そもそも保育士だと言っていたから育児に関してはプロだろうし、あるいはベビーシッターを雇うことも可能だろう。

「いえ、そういうことじゃないんです」

荒木の提言を、壱弥は言下に切り捨てる。

「我が社にも、子供を育てながら働いている社員は多い。その中で乳幼児の数もゼロではない。彼らは当然ながら近くの保育施設を探し、あるいは親などに子供を預けながら出社しています。けれど、会社に子供を預けられる場所があれば通勤の手間がそれだけ減るし、帰りも楽になる。

昼休みなどに子供の様子を見にいくことも可能です」

「はあ……」

「私事で恐縮ですが、今朝、息子は吐きました」

「え⁉」

「その後は平熱でけろっとしていたので特に問題はなさそうでしたが、出社前にそんなことがあると当然焦ります」

「ええ、まあ……」

「病院に連れて行くにも予約状況を調べなければいけませんし、場合によっては仕事を休む算段も同時にしなければならない」

「ええ、そうですねえ」

「要は、育児中の家庭はそれだけ様々な突発事項が存在し、対処しうる選択肢が少ないと言うことなんです」

「はあ……」

荒木はもはや相槌を打つことしか出来なかった。

壱弥の言っていることは正しい。育児を妻任せにしてきた荒木にはいまひとつピンとこないが、恐らく正しいのだろう。

しかしだからといって、いきなり会社に託児所とは飛躍しすぎではないだろうか。それを作るための機材、人材、費用などをどこから引っ張ってくるつもりなのか。

「そんなわけで、計画書を作成してみたので、是非目を通して頂きたいのです」

渡されたのが紙束だったので少し安堵する。仕事は当然パソコンを使って行っているが、精査すべき書類はやはり紙の方が見やすい。パラパラと捲ってみると、社内保育施設設置における年間の費用概算や人材募集条件などが細かいデータと共に備えられていた。

えーと、確か彼は今、育児休暇中ではなかったか。社の中枢である人物がきっかり三年間育児休暇をとると宣言して、既に何度目かの社内を沸かしていたんじゃなかったか。

それで育児をしながらこんな綿密な資料を作っていたわけだろうか。

結婚してからすっかり人間らしい円《まる》さが出てきたと噂されていたが、やはりとんでもない人なのではないだろうか。

「とりあえず、これはお預かりします」

「ありがとうございます。二日後には人事部や営業部も交えて実現に向けた会議を行いますので、どうぞよろしくお願いいたします」

「え⁉　二日後⁉」

頭を下げた壱弥に、荒木は思わず素っ頓狂な声を上げて青ざめた。まだ思いつきの段階で打診されているだけだと思ったのに。

やばい。この人本気だ。

◇

二日後、会議室には総務部長の荒木を初め、人事部長や第二事業部の部長、そしてなぜか社長と営業部長まで揃っていた。

議題は社内保育施設創設について。

それでなぜ社長や営業部まで？　と総務部長の荒木は首を傾げる。福利厚生に関することだから社長にも話を通す必要があるのは分かるが、さすがに営業部は解せない。

しかしそんな面々の渋面をものともせず、第一事業事業部長である九条壱弥はレジュメに沿った説明を始めた。

当然ながら部長以上クラスの平均年齢は高い。子供がいても既に成人してる年齢の者も多かった。そんな彼らに、保育施設の重要性を説いてもピンとくるかどうか。

案の定、一通りの説明が終わった時点で、営業本部長、嶋田《しまだ》の「そこまでやるんだったら、その内介護施設も作りかねないな」という揶揄《やゆ》が飛んだ。

まだ若いとは言え、壱弥は次期社長候補だ。会議室内に微妙な緊張が走る。

「それともご自身が父親になったことで、会社を私物化するおつもりか？」

嶋田の揶揄は続いた。彼は若い頃からのたたき上げで、社長の信頼も厚い。その分、社長の養子となった壱弥への目は厳しかった。本当は自分が社長になる野心もあったのかも知れない。社内において、壱弥にあまり好意的とは言えない人物である。

しかしそんな嶋田の揶揄を、壱弥は平然と受け止めた。

「もちろん、その辺りも視野には入れています」

「ぼけてきた自分の親と一緒に出社を促すわけか？」

嶋田は冷笑しながら続けた。荒木からすれば、それは荒唐無稽《こうとうむけい》な話にしか思えなかった。

いずれ成長すれば手がかからなくなる子供と違って、親の期限は分からない。荒木の親はまだ元気だが、最近腰痛が酷くて歩くのが辛いと言い出している。いずれ同居も覚悟せねばと思っているが、自分が介護できる自信はない。妻がどう思っているかは怖くて聞けない。

そもそも介護する親を連れて出勤なんて出来るはずがないだろう。

しかしその質問に対する壱弥の冷静な答えは意外なものだった。

「うちは機器製造メーカーですよ？」

聞いていた皆の顔が「はあ？」というものになる。そんなこと、壱弥に言われるまでもない。

分かっているからこそ、今回の提案に違和感を覚えているのではなかったか。

「今、もっとも深刻な人手不足が訴えられているのは、介護職と保育関係です。保育の手の不足は深刻な虐待死にも繋がりますし、自宅介護のストレスによる肉親の殺害も後を絶たない。もちろん我々がそこに直接参入するのは無理があります。しかし人手不足解消の一端として、人の代わりを担う機器の開発は可能では？」

その場にいた全員が、彼の発言に一気に緊張感を高める。壱弥は全員の顔を静かに見回して続けた。

「もちろん、保育も介護も最終的には人の手による安らぎや信頼、精神的な支えが必要です。機械任せで全てを済ませることは不可能ですし逆にあってはならないことでしょう。しかしそれ以外の、肉体的負担を強いる作業を任せられる機械を開発することは、社会的な還元として大きなシェアを持つ分野です。例えばＡＩを導入した大型自動調理器や、清掃機器、健康管理システムといったものは既に市場に出回りつつあります。我々がその業界に参入することは、さほど荒唐無稽な発想ではないと思うのですが」

壱弥の滑らかな説明に、一同は水を打ったように静まりかえった。

「我が社に新設を考えている保育施設は社内における福利厚生の一環ではありますが、今お伝えしたような機器設備の、試験的運用の場としても利用できると考えています。その上で、各部門の方々にご検討頂き、ご意見をお伺いしたいと思います」

壱弥がそう言い終えて着席すると、彼の秘書が今言った内容のレジュメを改めて配り出す。

彼らは食い入るように受け取った発案書を捲《めく》り、その概算や収益計算を検討し始めた。

荒木も発案書を捲りながら、呆気にとられた思いで壱弥をちらりと窺い見る。よもやそこまで考えていたとは。てっきり我が子と接する時間を増やすためだけの、私情を交えた発案だとしか思っていなかったのだ。

そしてそう思っていたのはどうやら荒木だけではないらしい。

様々なリスク管理も含めた草案に、嶋田は小さな呻き声を漏らして呟いた。

「悪くない」

「ありがとうございます」

壱弥は嶋田に向かってにっこり微笑む。

その微笑みは自信に満ち、女性社員でなくとも充分周囲を引き込む魅力に溢れていた。

「悪くないと言っただけだ。まだ実現に向けるには様々な要素の検討が必要だろう」

嶋田はうっかり漏らした自分の言動を恥じるように嘯《うそぶ》く。しかし壱弥は全く怯むことなく
「仰るとおりです」と答えた。

「新たな事業展開に関わることですから、一朝一夕《いっちょういっせき》で出来うることだとは思っていません。し

かし検討の余地があるならば、手始めに保育施設の実現を視野に入れることは決して無駄ではないでしょう」

「どうしてそう思うんだ」

「幼い子供ほど、予想を超えた動きをする者はいませんから。ＡＩのデータを蓄積《ちくせき》するのに、これほど適している相手はいません。その上で社員の意欲向上に繋がるのでしたら、損益を考えても決して無駄にはならないと思います」

会議室に、静かな溜息が満ちる。

今までも優秀な若者だと思っていたが、いまや壱弥はその予想枠を超えようとしていた。

「……実行する意義はありそうですな。とりあえず事業部長のおっしゃる保育施設開設に向けて、数年以内に実行に移せるよう、検討しましょう」

人事部長の言葉に、壱弥はすかさず「一年以内です」と答える。

「はあ？」

「数年かける必要はありません。実施は一年以内に」

なかなか強引な物言いに、人事部長のこめかみがひくひくと動く。他の仕事がないわけではないのだ。そんなに急かされては堪らないだろう。

しかし壱弥は引かなかった。

「もちろん登用できる人材にも寄るでしょうが……一年以内の実施は難しくないかと」

にこやかに脅迫されて、人事部長は苦虫をかみつぶしたような顔になった。

「鋭意、努力しましょう」

「ありがとうございます。感謝します」

荒木も慌てる。そうなると一番忙しくなるのは総務だろう。新たな部門の新設とそのシステムの整備、人材の登用、やることは山ほどある。

震える思いで壱弥を見やると、彼は心得ているように小さく頷いた。

不思議なことに、それだけで覚悟が決まる思いがする。

新たなプロジェクトの始動の予感に、会議室は興奮が渦巻き始めていた。

◇

「え？　本当に始めちゃうんだ、九条内保育施設」

驚いたハルの声を面白そうに聞きながら、壱弥は息子の樹をあやしている。

「もちろん、そう言ったろ？」

「うひゃー」

確かにそれぞれの会社に育児施設があればいいのに、と言ったのはハルだった。

ハルも壱弥もまだ育児休暇は残っているが、それでも三歳未満児を保育園に入れるのは難しい。子供が小さいほど保育士の手と人数が必要になるからだ。そして共働きが多い昨今、未満児入園希望者は後を絶たない。

ハルが勤めている保育園も毎回希望者全員を受け入れる事は出来ていなかった。

もっとぎゅうぎゅうに入れてしまえば人数は増やせるかも知れないが、その分子供達に無理を強いることになってしまう。保育士の目が届かない危険性も倍増する。

生活が苦しいわけではないからハルの育児休暇を延長することももちろん可能だったが、仕事が好きなハルにとってはそれもやはり辛かった。

「実際需要がないわけじゃない。潜在的な人数も含めて、会社に保育設備があれば今現在助かる社員や、これから安心して結婚出産できる人も増えるはずだ」

「そうだね」

九条における女性社員は三割程度。とは言え育児中の男性社員もいる。今回壱弥が育児休暇を申請したことで、自分も取りやすくなったと喜びの声を上げている社員がいるのは事実だった。更に保育施設と併設して病児保育も作れれば更に助かる者は多いだろう。

「まあ、設備はともかく人材確保が難しいから、まだ実現までに数ヶ月はかかると思うけどね。

とりあえず賛同は得られたみたいだから頑張るよ」

高い高いで樹を喜ばせながら、壱弥は楽しそうに言った。樹は天井近くに放り上げられる度に、嬉しそうな哄笑《こうしょう》を上げている。

「壱弥さん、変わったねぇ」

ハルのしみじみした声に、壱弥は「ん？」と片方の眉を上げる。

「この間、お父さんも言ってた。壱弥さん、とんでもないものに化けそうだって」

「小鳥遊教授が？」

今回の件では外部研究室の顧問である小鳥遊教授にも相談した。現場が必要とする機器に、どんな風に対応できるか。それを将来的に発展させていくことは可能か、等。

仕事の一環として熱心に語る壱弥に、小鳥遊志貴はしばらく黙したまま聞いていたが、最後に一言「面白いな」と呟いた。

てっきり壱弥が提案した企画に対するコメントだと思っていたのだが、実はそれだけでもなかったらしい。

「教授はなんて？」

ハルに先を促すと、妻は「んーとねえ……」と父との会話を思い返しながら伝える。

「今までの壱弥さんは九条の御曹司として、何事も努力と知識でそつなくこなしてきたけど、ようやく自分のしたいことが見えてきて……貪欲になってきた、みたいな感じかな？」

「ふーん……」

言われてみればそうなのかも知れない。

九条に養子に来たことも、その後、後継者として努力してきたことも、元々は食いっぱぐれないためというシンプルさだった。そうしてそれがある程度保証されてから、仕事自体はそれなりに面白かったが、自分なりに何がしたいというのはあまりなかった気がする。

九条の後継者として、望まれたように振る舞うこと。そのために知識や人望を得て、会社の利益を生むこと。考えていたのはそれくらいだ。

実際、経済社会の勝負的な賭けを、楽しんでいなかったわけではない。けれど心の底から渇望しているものでもなかった。ごく当たり前に、日々食べるために、自分が出来ることで働いてきた。恐らくは、多くの社会人と同じように。

しかしハルと結婚し、子供が生まれて家族という形態を得ると、望むことが増えてくる。ハルと樹の笑顔を見ること。そのためにも周囲のあり方を模索すること。

ふと気が付く。

なんだ、やろうと思えばできることがたくさんありそうじゃないか。

壱弥は今まで身につけてきた知識や自分の立場を武器に、動き出していた。そしてそのことに、冒険に乗り出すようなワクワクする気持ちを感じていた。

「最初にこの件を相談した総務の荒木さんて人がいるんだけど……」

「ん？」

「初めは俺の発案にとにかく面食らってて、なんでいきなりこんな面倒ごとをって迷惑そうな顔をしてたんだ」

「あー、そうでしょうね」

壱弥から聞く周囲のリアクションは、ハルにとっては想像しやすいことだった。

現状を当たり前として生活してきたのに、それをいきなり改変させようというのだ。驚くのも当然だろう。

「でもこの間、言われたよ」

「なんて？」

「『ちょっと強引すぎるきらいはありますが、以前の完璧すぎるあなたと違って、今の九条部長も嫌いじゃないですね、私は』だって」

ハルは驚いたように一瞬ぽかんと目を丸くしたが、数秒後、大きく噴き出した。

「おかしい？」

壱弥の顔が、少し拗ねたものになる。裏を返せば、今まであまり好かれていなかったともとれる。

「おかしいって言うより嬉しいかな。なんていうか……不器用な息子に初めてお友達ができました的な？」

ハルの発言に、壱弥は思い切りしょっぱい顔になる。しかし当たらずとも遠からずなのだろう。誰ともそつなくこなしてきたつもりで、あまり上手に人と関われていなかった。

上手くやっていたのはあくまで表面上だけだ。

その時、壱弥に抱かれていた樹が自分の親指をしゃぶり始めた。

「あー、樹、腹が減ってきたらしい」

「あ、そう言えばそろそろかな」

ハルは壱弥から樹を受け取ると、授乳用のカシュクールシャツの一部を捲って、樹に母乳を与え始めた。生まれたての頃はなかなか上手に母乳を飲めなかった樹も、今は慣れて凄い勢いで吸っている。

ソファで思う存分母乳を与えた後、肩に頭を乗せてゲップさせると、樹は満足したようにすやすやと眠り始めた。

その眠りを起こさないように、そーっと寝室にあるベビーベッドに移動させる。

さっき散々壱弥と運動してはしゃいだせいか、樹は手が離れても気付くことなく熟睡していた。二人でしばらくその寝顔を堪能し、音を立てないようにリビングに戻る。

「ハルの胸、まだおっきいままだなあ……」

何気ない壱弥の呟きに、ハルは真っ赤になった。

「そりゃ、まだ授乳中だし！」

「樹ばっかり触ってるの、ずるくないか？」

「え⁉」

冗談かと思って壱弥をまじまじ見つめたが、どうやら冗談ではないらしく、珍しく壱弥の顔が不満そうになっている。

確かに樹が生まれてから、壱弥と抱き合ってはいなかった。単純に新生児育児のために寝不足で、それどころじゃなかったからだ。

「これも、子供とハルを取り合うことになるかな」

少し不安そうな壱弥を見て、ハルは困ってしまった。むしろ、樹に壱弥を独り占めされているると思っていたのはハルの方だったのに。

「壱弥さん……したい？　その……私と、イチャイチャ的なことを……」

恥ずかしさに、言葉を濁しつつ上目遣いで言うと、壱弥は「したい」と即答した。

「あ、でもハルがいやじゃなきゃ、だけど……」

御丁寧に補足されて、ハルは困ってしまう。

夕食の準備は、壱弥が樹を構ってくれている間に出来ている。

樹もぐっすり寝ていたからしばらく起きないだろう。何かあればベビーモニターで分かるようになっているし。

「じゃあ……来て？」

ソファの上で、壱弥を呼んだ。

寝室で音を立てて、樹を起こすわけにはいかない。

壱弥は急激に急速に雄の顔になると、ハルの横に来て座った。そして小さな妻の体をぎゅっと抱き締める。

「もし嫌な感じがしたら、すぐに言って」

優しくそう囁くと、ハルの顎を持ち上げて唇を重ねた。

ちゅ、ちゅ、と小鳥が啄《ついば》むようなキスが続く。すぐに我慢できなくなったのはハルの方だった。舌を出し、壱弥を招き入れる。

すぐにぴちゃぴちゃと濡れた音が響く濃厚なキスに変わった。

「ん、ん……」

柔らかい唇の感触に酔う。こんなキスは久しぶりだった。迂闊《うかつ》に始めてしまうと止まらない気がしたからだ。

でも今はしたい。壱弥の感触を味わいたい。その切望が、ハルを壱弥の体に密着させる。

「ん、んむ、ぷはぁ……」

とうとう息が出来なくて唇を離すと、限りなく優しい顔の壱弥が間近にあった。

「ハル、可愛い。もう蕩けそうな顔になってる」

「だって……」

本当に蕩けそうだった。キスだけでもこんなに気持ちいい。

「もっと、して……?」

ハルがねだると、壱弥は覆い被さるようにしてハルをソファに押し倒した。そのまま口の中を貪り合う。

「んふ、んっ、ん………っ」

激しいキスを交わしながら、壱弥の手はハルのブラウスの前袷《あわせ》を開いていく。二サイズは大きくなったハルの胸が、壱弥の目前に現れた。壱弥は息を呑んで、その胸をすっぽりと包み込む。

「ふぁ、痛くしないでぇ……」

つい籠もりがちになってしまった手の力を、壱弥はハッとして緩めると、やわやわとその膨らみを愛撫し始めた。気持ちいい。

それ以上に、先ほどまで樹に吸われていた乳首が敏感になっていた。

壱弥もそのことに気付き、硬くなっていた先端を指先で弄り始める。

「ぁ……」

欲情している壱弥の目に、ハルは思わず声を上げてしまう。

「そこ、吸って、舐めてぇ……っ」

ハルに促され、壱弥は顔を近づけてハルの乳首を吸った。その途端、びくびくとハルの腰が跳ねてしまう。

「ぁあん……っ！」

乳首を舐められて、ハルは簡単にイってしまった。そのまま胸に顔を埋めている壱弥の頭をぎゅっと抱き締める。

「ハルやらしい……可愛い」

胸元にもキスを散らしながら、嬉しそうに壱弥が囁く。

「だって……久しぶりだから……」

「ああ、俺も凄く興奮してる」

上擦った声に、それが本当だと実感が湧いた。実際、ハルの太股には硬くなった壱弥の分身が押しつけられている。

「ハル、腰を浮かして」

言われるまま腰を浮かせると、するりとスカートと下着が引き脱がされた。壱弥自身も着ていたシャツを脱ぎ、穿いていたズボンを脱ぎ捨てる。壱弥の肌の感触が恋しくて、ハルは彼の体を抱き寄せた。

「壱弥さんの肌、気持ちいい。大好き……」

例えようもない安心感に包まれながらそう言うと、壱弥もぎゅっと抱き締め返してくれた。

「ハル。おいで」

壱弥はハルの上半身を起こさせ、自分の膝の上に跨がらせた。

そしてキスしながら彼女の足の間に指を忍ばせる。

「や、ダメ、壱弥さん、そこダメぇ……」

くちゅくちゅと指で弄られ、ハルは腰の力が抜けそうになった。

「まだダメだよ。もっとゆっくり楽しませて」

ハルの体を支えつつ、胸を唇で愛撫しながら、壱弥の指はハルの中に入ってくる。

「ふぁ、ひゃ、はぁんっ、……ぁあ、あぁあん……っ」

我慢しきれず、壱弥の肩に顔を埋めて泣き続けた。その間も、壱弥の指はハルの中を泳ぎ続けている。溢れ出した蜜は壱弥の手の平を濡らし、太股まで垂れてきていた。

「ハル、可愛い。本当に食べちゃいたいくらいだ……」

「壱弥さん、壱弥さぁん……っ」

耐えきれなくなって、彼の首筋に噛みついてしまう。これではどっちが食べられているのか分からない。

「俺のも、触って……」

朦朧《もうろう》とした頭に話しかけられて、ハルは言われるがままぼんやりと屹立した壱弥の半身を握った。

熱くて硬い。

「中に、入りたい……？」

ハルが訊くと「もちろん」と返事が返ってきた。

「じゃあ、来て……」

ハルは自ら握っていたその先を、自分の入り口に当てた。

壱弥の手は、ハルが倒れないように腰とお尻に添えられる。

「ひとつになろう、ハル」

壱弥の秘められた声にぞくぞくして、ハルはゆっくりと彼を受け入れながら腰を落とした。

みっしりとした肉塊がハルの中を満たしていく。

「ああ……ハル、ハル……」

熱に浮かされたような壱弥の声に、ハルはぎりぎりまで壱弥を収めていく。

一番奥までぴったりとひとつになった時、二人は目を合わせて互いに見つめ合い、そのまま深いキスをした。

「すごく……気持ちいい……」

うっとりと囁くハルに、壱弥は嬉しそうに微笑んで下から突き上げた。

「あんっ！」

「ハル、ハル……っ」

「あ、ダメ、壱弥さん、そんな、ぁああ……っ」

久しぶりに奥を突かれる感覚に、ハルの喘ぎが尾を引いて響く。せり上がってくる快感に、ハルは忘我の境地に陥った。体内の壱弥を強く締め付ける。同時に壱弥がその精を吐き出した。ドクドクと熱い飛沫に満たされる。

頭の中が真っ白になり、壱弥の胸の中へ落ちていく。

荒い息を吐きながら、しばらくぺったりと抱き合っていた。

◇

幸いなことに、樹が起きる様子がなかったので、そのまま二人で裸のままソファに横たわる。最近あちこちに常備している、樹のお昼寝用のタオルケットが役に立った。

壱弥の裸の胸に頬を当て肩を抱かれていると、不思議な安心感に包まれる。壱弥の大きな手は、ハルの髪をずっと撫でてくれていた。

「なあ、ハル」

おもむろに、壱弥が切り出す。

「なあに？」

「その……具体的なことはまだ何も考えてないし、これを九条と絡めるかどうかも決めてないんだけど……」

「ん？」

珍しく歯切れの悪い壱弥の言葉に、ハルは頭を上げてそっと彼の顔を覗き込む。

そんなハルを見て、壱弥は覚悟を決めたように苦笑した。

「いつか、そう遠くない未来、したいことがあるんだ」

「なあに？　聞きたい」

考えてみれば、壱弥が何かしたいなんて初めて聞いた気がする。

もちろん「今夜は何を食べたい」とか「樹と一緒にあそこに行きたい」なんて言葉は最近よく聞く気がするが、将来的な展望としてはあまり聞いたことがなかった。

元々自分自身に対する欲望が薄いタイプなのだと思っていた。そんな壱弥が、変わりつつある。

九条内に保育設備を作ろうとしているのもそうだ。

少しでも息子の樹といたい。それだけで保育から介護設備まで機器開発企画を立ち上げた。恐るべし優秀頭脳。

自分の希望と会社の損益を秤にかけて、どちらにも不利益が出ないような企画である。むしろ今後の会社全体のイメージを考えれば、プラスになる可能性の方が高いだろう。商売に詳しくないハルでも、それくらいは想像がつく。

壱弥は、今改めて自分の人生を見つめ直しているのだ。

まずは生きていられればいい。そう思っていたしそれ以上望んでいなかった。ハルの事以外は。けれどハルや樹を得て、壱弥は変わった。——いや、初めて自分が欲しいものに気付いたのかも知れない。彼が自分の欲望を叶えるために、その地位や優秀な頭脳を使い始めたらどうなるのか、想像も付かない。

（でも、壱弥さんを信じてる）

ハルは自分の胸の内をなぞって確かめる。大丈夫。どんな権力をもったとしても、彼は間違ったことはしない。

「俺さ、俺……」

上手く言葉が出てこないらしい。

しばらく思いあぐねた挙げ句、壱弥は子供が初めて見た夢を語るように、ぽつりと言った。

「腹を減らしている子供を、一人でも減らしたい」

「…………！」

ハルの目が、大きく見開かれた。

それは、思いついて当たり前の事だった。

「別に崇高な善意とかじゃないんだ。でも樹が生まれて……樹が生きていくこの世界に、俺みたいなやつを少しでも減らしておきたい。樹が触れる世界が、ささやかにでも優しいものであって欲しい。そんな自己満足的な考えなんだ」

言いながら壱弥は自嘲する。

「まだ具体的なことは何も思いついていないんだけど……もし始めたら、ハルも手伝ってくれる？」

ハルは思わず彼の首に抱きつく。

「うん、手伝う」

泣きそうになるのを堪えながら、ハルは言った。

その時不意に、ベビーモニターから樹の泣き声が響く。

『ふぎゃ――』

思わず二人で顔を見合わせ、ぷっと吹き出した。

「はいはい、ママが今行きますよ～」

ハルは大急ぎで床に落ちていた服を拾う。しかしそれよりも早く、壱弥がボクサーショーツだけを身につけて、大股で寝室に向かった。

泣いている樹を抱き上げ、よしよしとあやしている。

「あー、やっぱしてるわ。新しいおむつ、取ってくれるか？」

樹が穿いている紙おむつに入った青い線を指さし、壱弥が言った。

「はあい」

そんなこともあろうかと手に持ってきていた新しい紙おむつとお尻拭きを壱弥に渡す。壱弥は手慣れた様子で息子のおむつを取り替え、汚れ物をトラッシュボックスに放り込んだ。

「うふふ」

そんな壱弥を見ていると、なぜか誇らしい気持ちになる。樹も両親が揃うのを見て、泣き顔が満面の笑顔にかわる。

優しい世界。ハルは口の中でその言葉を噛み締めながら、壱弥から樹を受け取って、小さな命を抱き締めた。

あとがき

こんにちは、もしくは初めまして。天ヶ森雀と申します。この度はこの本をお手にとって頂き、真にありがとうございます。ガブリエラ文庫プラスさんでは三冊目の本になります。

えっと、少し怖い話をしていいですか。

実は今回の執筆ではちょっとしたアクシデントがありまして。初稿を書き上げ、修正や校正も大幅に進み、あと少しで校了という時、担当さんからとんでもない連絡がきました。

『三十ページほど足りないので加筆をお願いします！』

え？　嘘！　だってページ数は確認して送ったはず……！

ここで一応説明を補足しますと、出版社さんから原稿依頼を頂く時は『文字数×行数×ページ数』がおおよそ決まっていまして（行数は多少融通が利く）、その字数に合わせてワードの原稿スタイルを作るわけですが、今回調べてみたらなぜか……縦の文字数が間違っていたんですね。十文字足りない。確かにページ数の割に文字数増えないなとは思ってたけど、改行とか台詞が多いせい？　くらいにしか思ってなかった。あっちゃあ、痛恨のミス！　勘違いと思い込みって恐ろしい！　気付いた時の激しいショックときたら、もう筆舌にも尽くしがたい動揺の嵐でしたが、そうも言っていられず慌てて加筆原稿を書きました。

正直ページ制限内で収まるように、初稿からかなり色んなエピソードを削ってたんですが、じゃあここで改めて入れると言うわけにもいかない。全体の整合性が崩れる恐れがあるし、担当さんも「本編はこのままの方がすっきりしてよいです」と仰っていたので、急遽《きゅうきょ》番外編を作り上げました。それが巻末にある番外編、『優しい世界』です。

とは言え。

これを書くに当たっては、担当さんに「壱弥の会社での様子とか」とご提案頂いた物を書いたのですが、いざ書いてみると「壱弥って会社でこうだったんだ」とか「彼の根幹はそこに帰結するんだな」っていうのが改めてストンと落ちてきまして。それはヒロイン、ハルとの恋愛とは少しずれた部分ではあるのだけど、だからこそ番外編で書けて良かったなあと想った次第。

あくまで結果論ですし、もちろん二度とやらないと深く誓った所存ではありますが。（担当さん、その節は本当にすみません！）

以上、本当にあった怖い話でした……。

一方、今回の執筆で嬉しかったこともひとつ！　実は以前からイラストを拝見して素敵な絵だなあと思っていた上原た壱先生に、今回の挿絵等を描いて貰えたことです！

あまり、というかほぼ全く絵師様とは接点のない著者なのですが、たまたまフォローしているSNSで「お仕事募集中」と見かけてしまい「い、今ならいけるかも？」とダメ元で担当さんにお願いしたら、今回描いて頂ける運びになりました！　いえーい！

実際、キャラデザインとか挿絵ラフとか見せて頂く度に「ハル可愛い！」「壱弥かっこいい！」ときゃわきゃわしておりました。勇気を出してアクション起こして良かった！

今回のヒロイン、ハルは、恐らく今まで私が書いてきたTL小説の中でも『トップオブ普通の子』で、それ故にとても何というか地味なんですけど、そのハルの裏表のない純朴な可愛さと、逆に実は拗《こじ》らせているけどとてもかっこいい壱弥を、対比バランス良く描いて頂きました。

上原先生、本当にありがとうございました。

そして最後にこの本に携《たずさ》わって下さった担当さん、デザインや印刷や流通の方、何より手に取って読んでくださったあなたに、心よりのお礼を申し上げます。

どうぞ楽しんで頂けますように！

２０２０年10月　　天ヶ森 雀拝

契約結婚につき溺愛禁止です！エリート御曹司と子作り生活　キャラクターデザイン：上原た壱

ガブリエラ文庫プラス
gabriella plus

MGP-063
契約結婚につき溺愛禁止です!
エリート御曹司と子作り生活

2020年11月15日　第1刷発行

著　者　天ヶ森 雀　©Suzume Tengamori 2020

装　画　上原た壱

発行人　日向 晶

発　行　株式会社メディアソフト
〒110-0016　東京都台東区台東4-27-5
tel.03-5688-7559　fax.03-5688-3512
http://www.media-soft.biz/

発　売　株式会社三交社
〒110-0016　東京都台東区台東4-20-9　大仙柴田ビル2F
tel.03-5826-4424　fax.03-5826-4425
http://www.sanko-sha.com/

印刷所　中央精版印刷株式会社

天ヶ森雀先生・上原た壱先生へのファンレターはこちらへ
〒110-0016　東京都台東区台東4-27-5 (株)メディアソフト
ガブリエラ文庫プラス編集部気付 天ヶ森雀先生・上原た壱先生宛

ISBN 978-4-8155-2058-8　Printed in JAPAN